新潮文庫

残虐記

桐野夏生著

新潮社版

8241

残虐記

文潮社出版部書籍編集

矢萩義幸様

冠省　矢萩様におかれましては、益々ご清祥のことと思います。

初めてお手紙を差し上げる非礼をお許しください。小生は「小海鳴海」こと生方景子の夫です。妻がいつもお世話になっております。

矢萩様に小生がこのような手紙をしたためることになるとは、誠に遺憾であります。何卒、驚かれませんように、と最初に申し上げておきます。

実は、妻が失踪して、すでに二週間になります。まるで散歩にでも出かけるように、ふらりといなくなりました。現在のところ、何の連絡もありませんので、不安でないと言ったら嘘になります。しかし、気まぐれな妻のことですから、いつか帰って来るだろう、と小生も肚を据えて待つつもりです。幸い、雑誌連載などの仕事はお断りしていた模様ですので、多方面にご迷惑をかけずに済んだと安堵しております。

同封した原稿「残虐記」は、妻の机の上にプリントアウトして置いてあったものです。タイトルの横に「文潮社・矢萩様に送付してください」と書いたポストイットが貼ってありましたので、もしやお待ちの原稿ではないかとお送りした次第です。このポストイットが唯一、妻の残した書き置きです。妻に何が起きたのかは不明ですが、もしかするとこの原稿に書かれたことと関係するのかもしれません。

率直に申し上げますが、小生は矢萩様に原稿を送付するのを、しばらく躊躇しておりました。果たして、矢萩様にお送りすることが妻の本当の意思なのか不明であること、矢萩様には失礼ながら、妻の失踪が周囲に洩れてしまうのではないかという危惧、そして、出版界のどなたもご存じないと思われる、ある事実が白日のもとに晒される、という三つの理由からであります。この原稿に書いてある事件は事実なのです。小生が、驚かれませんように、と書きましたのはそのことです。

小生の妻、旧姓北村景子は、十歳の時にある男に拉致され、一年余を男の部屋に監禁されて過ごしました。男は逮捕されて、妻は無事解放され、事件も結審いたしました。妻も中学進学の折に新しい土地に転出したために、周囲の誰も、作家の小海鳴海が監禁事件被害者であることを知りません。小生の知り得る限り、妻は事件について口を噤んでいました。デビュー作『泥のごとく』に事件のことが表れておりますが、妻が連れ去られる前に起きたとされる殺人死体遺棄事件が主たるモチーフになっていると思われます。

確か、当時の批評に「何年か前の児童監禁事件を想起させる」と書かれたように記憶しております。また、デビュー作の編集者でもあられる矢萩様に、「高校生にしては大人びている。どんな体験をしてきたのですか」と真摯に尋ねられた、と妻が語っていたのを覚えています。以来、十七年間、妻の担当をされてきた矢萩様と妻とがどの程度、胸襟を開いて話をされていたかは存じませんが、おそらく、妻は事件について、ひと言も言及していないのではないでしょうか。

しかしながら、妻の沈黙は、たった一通の手紙によって破られました。二十二年の長きにわたって罪を償い、出所した犯人の男から、妻宛に手紙が届いたのです。小生も先程、「残虐記」を読み終えましたが、手紙の何が妻をして急に事件の回想をさせ、かつ失踪させたのかは不明であります。ただ、妻にとって、封印したはずの事件が生々しく蘇ってきたのではないか、と小生は哀れに思います。夫として無力だった虚しさも感じますが、小生は妻を待つつもりです。

男からの手紙は、「残虐記」の最初に付されております。作品の一部であろうと考え、敢えてそのままお送りいたします。考えたくありませんが、もし妻に何かあった場合、原稿の扱いは協議して決めたいと思いますので、とりあえず送付いたします。後ほど、電話でご連絡させていただきます。

不一

生方　淳朗

残虐記

小海鳴海

小海鳴海先生

拝けい　とつぜんの手がみですいません。

ふうとうの名前はウソです。私の本当の名前を書くと、先生はよんでくれないと思いました。ウソをついてすいません。私のウソはこれっきりです。

私からの手がみに、とてもおどろいたでしょう。ほご司のハラダ先生に、ひ害者の人に手がみを書いたり、連らくをとったりするのはぜっ対にしてはいけないことだよ、そんなことをしたら、また刑む所にぎゃくもどりだよ、ときつく言われましたけど、私は先生に手がみを書きたくてたまらなくって、とうとう書いてしまいました。どうか、すてないでさいごまでよんでください。

私は去年、仙台刑む所を出ました。仙台刑む所には、未決こうりゅう分をぬいて、二十二年八カ月と十二日いたそうです。あんまり長くいたので、私はどのくらいの日にちがたったのかわからなくなってしまったのですけど、ほご司のハラダ先生に正かくな日にちをおしえてもらいました。

　刑む所では、いつか先生に手がみを書こうと思って、たくさん本をかりて読んだりしてべんきょうしましたけど、かん字もことばもすこししか覚えられませんでした。おまえはあたまが悪い、とかん守の先生や、ぼうの先ぱいに言われました。だから、かん字はあんまりうまく書けません。私はいじめられたり、うまく作業ができなかったりしたので、ときどき、刑む所の中にあるびょう院に入っていました。だから、日にちの計さんがよくできなくなったのだと思います。

　私はいま、ハラダ先生にしょう介された、びょう院のせいそうの仕ごとをしていますけど、キムラというそうむ課の人はかん守の先生みたいにこわい人です。キムラ先生とよべ、と命令されました。私はしょっ中おこられたり、どつかれたりしていますけど、庭に出られるので刑む所よりいやじゃないです。冬は雪がたくさんふって、とてもさむいですけど、コンクリートより雪のほうがさむくないです。私はびょう院のよこのりょうに住んで、びょう院の食どうできゅう食をもらって食べます。食どうのクマガイさんというおばあさんは、とてもやさしくしてくれるので好きです。このあいだも私だけにこっそりプリンをくれました。どうしてプリンをくれたのかときくと、あんた、五十さいのたん生日でしょう、といいました。クマガイさんはとてもいい人です。

仕ごとは、にわのそうじと、びょう院のうらのそうこのそうじです。そうこのときはマスクをしてやります。注しゃきをすてるときは、注いをしないと手に針がささるよ、と言われているからちょっとこわいです。軍手をはめていますけど、軍手だと糸のあいだから針が手にささるからいやだと言ったら、お前の手が鉄になればいい、とキムラ先生に言われました。鉄だと針がささらないからいい、とキムラ先生は言うのですけど、私はむかし、鉄工所で仕事していたことを思い出して、とつぜん、なみだが出てとまらなくなりました。どうしてなみだが出たのかというと、きっと先生のことを思いだしたからだと思います。先生はその話はいやですか。だったら、書きたいですけど、やめます。

かれ葉のきせつになりましたけど、毎日たくさんそうじしても、次の日にはまた同じところにかれ葉がおちているので、あれ、へんだな、と思います。すると私は、刑む所のびょう院に入っていた時みたいに、日にちのことがわからなくなります。きのうのこと、その前の日のこと、そしてもっと前の日のこと、もっとむかしのこと。それに、いまは早く日がくれてしまうので、くらくなりますと、わたしはすこし悲しい心になってなんだかとてもユウウツになります。冬になって雪がふりますと、いつも同じけしきなので、私はそのときも日にちがわからなくなります。

いつも手がみを書きたいと思ってましたけど、ずっとできませんでしたけど、いま、私が先生に手がみを書いているのは、先生のしゃ真を見たからです。キムラ先生がべんとうを食べながらよんでいたしんぶんに、先生のかおがうつっていたのでした。私は先生のかおはなん十年たってもぜったいにわすれません。私はどきどきして、その人はだれですか、とキムラ先生にきいたのですけど、キムラ先生は、この人はコウミナルミという名前の、とてもかつやくしているえらい小せつ家だ、おまえにかんけいねえよ、とわらいました。キムラ先生は、そのしんぶんをゴミばこにいれて上からお茶のはっぱをすててしまったので、ぬれてしまったのですけど、私はあとでひろってかわかしてもっています。

先生の名前がむかしとかわっているので、へんな気もちです。むかしはみっちゃんだったのに、今はコウミナルミというのですね。それから、小せつ家というのは、小せつを書く人のことですね。私はそのことを少しいやだと思いました。それは、私が小せつをよんだことがないからです。刑む所で、本をかりてよんでみたけど、なにが書いてあるのかよくわかりませんでした。どうして私はここに書いてあることがわからないのだろう、と同じぼうにいる先ぱいにきいたら、先ぱいは、小せつはウソの話だからだ、お前は本当とウソのくべつがつかないからだ、頭がわるいからだ、と言いました。

私は頭がわるいと思いますけど、どうして先生がウソの話をつくるのか、よくわかりません。私とのこともウソの話にしてしまうのだろうかと思うと、心配でたまりません。悲しい心をとおりこして、私はなんだかおこりたくなるのです。

刑む所では、先生のことをいつもかんがえていました。いやらしい気もちではありませんでした。私のしたことは何だったのだろうと思うからです。それと、先生におわびしたいと思っていたからです。先生は私のしたことを一生ゆるしてくれないと思いますけど、私は先生がどうしてゆるしてくれないのかが、もしかしたらよくわかっていないのだと思います。それに、先生がおとなになって、小せつという私のよくわからないものを作っているのも悲しいです。先生がウソつきのおとなになったような気がするからです。

私は罪をつぐなって刑む所から出てきたのだ、とほご司のハラダ先生が言ってくれましたけど、それが本当なのかどうかは私にはよくわかりません。べんご士のカラサワ先生には、反せいがたりないとしかられました。どうしてなのかしらないけど、私はまえよりも、ずっと頭がわるくなったと思います。だから、手がみもこれがさいごです。もう書きませんから安心してください。

先生、ほんとにすいませんでした。でも、私のことはゆるしてくれなくてもいいです。私も先生をゆるさないと思います。どうぞ、お元気で。

安倍川健治

1

　ケンジの手紙は、出版社から転送されてきた三通のファンレターに混じっていた。ファンレターはどれも、編集者があらかじめ封を切って、脅迫状や剃刀《かみそり》などが紛れ込んでいないかを確かめてから私の許《もと》に送られてくるのだが、この手紙だけは「検閲」を免れたらしくそのままだった。編集者の怠慢というより、私にコンタクトしたいと願うケンジの意志が、他人の干渉をかいくぐる強運をこの手紙に与えたのかもしれない。あるいは、私がたいした作家でなくなっているので、編集者が碌《ろく》にチェックもしなかったのだろう。

　宛先《あてさき》は出版社気付になっていた。裏には日本海側にある小さな市の病院の名が記されている。差出人の名は「熊谷健」。封筒の文字は明らかに女文字であることから、手紙にも出てくるクマガイという親切な女性が書いて、かつ名字も貸してやったのだと思われた。手紙はスーパーでも売っているごく普通の用箋《ようせん》に、安っぽい青のボールペンで書いてあった。ケンジの筆跡はたどたどしく、筆圧だけは異様に強い。便箋の裏までくっきり抜けた字の形が、あの男の肉体的とも言える妄念を表しているようで、私は手紙を前にしてしばらく茫然《ぼうぜん》としていた。

私の受けた衝撃は、犯人に「ゆるしてくれなくてもいいです。私も先生をゆるさないと思います」と書かれたことだけではなかった。二十五年ぶりに蘇《よみがえ》ってくる事件の「被害者」の感覚だった。それは、生活に強引に侵入してくる得体の知れない「他者」の存在を間近に感じる生々しさである。最初に侵入されるのは意識ではなく、あくまでも生活であり、生身の肉体なのだ。寝て食べて恙《つつが》無く暮らす日常。突然、その営為が何者かによって破砕され、奪われ、違う自分でいることを強いられる理不尽と恐怖。意識は常に生活の急変の後からのこのこやって来て、気持ちを整理するためにある。それらを学べるのは怖《おそ》ろしい経験でしかない。だから、語ったところで何になろうと、私は口を噤《つぐ》んできた。

私が、自分の生活に他者を一切入り込ませない小説家という仕事を選んだのは、必然だったのかもしれない。小説を書く行為は、自分を尖《とが》らせて一個の武器にし、対象に斬《き》り込んで行くだけで、他は見なくて済むという生き方ができるのだから。

それにしても、なぜケンジは「ゆるしてくれなくてもいいです。私も先生をゆるさないと思います」と思ったのだろうか。私が嘘《うそ》を吐《つ》く小説家になったせいなのか。私は何度も読み返した手紙を机の隅に置いて考え込んだ。ケンジの手紙がそこにあるだけで、机上の風景が一変した。パソコンも壁に飾った絵も、テーブルの上の花も現実味を失い、色褪《あ》せる。手紙は異物だった。私はケンジが何者だったのかわからなくなった。そして、自分自身のことも。

手紙にもあったように、私は小海鳴海というペンネームを持つ小説家である。現在、三十五歳。デビューは早く、高校一年の終わりの十六歳の時だった。私の処女作『泥のごとく』は、「文学史に残る衝撃作」と言われた。女子高生が若い男の暴力的な性をあますところなく描いた、と絶賛され、世間は作者と作品の違和感に熱狂した。私は『泥のごとく』で、著名な文学新人賞を取り、次々に問題作を発表しては、あまたの賞を最年少の記録に塗り替えて受賞した。「早熟な大家」と言われたこともあれば、「驚異の天才」と呼ばれたこともあり、私は歯の浮くような賛辞に囲まれて二十代前半までを過ごしたのだった。

華々しいデビューを飾った私は、あまりにも騒がれたために、世間をひたすら避けて暮らすようになった。あの出来事を経験していた私は、おそらく身を隠すのに長《た》けていたのだろう。そうこうするうち、世間は私を人嫌いと断じたらしく、放っておいてくれるようになった。

私は大学にも行かず、親しい友人も恋人も作らず、ほとんど外出もしなかった。私もケンジと同様、孤独の獄舎で暮らしていたのだ。孤独癖は今も変わらず、私は夫も子供もなく、猫も犬も鳥も飼わず、埼玉県に近い都下のマンションで一人で暮らしている。

しかし、現在の私は、賛辞をすべて奪われたただの作家だ。もてはやされた頃は一軒家が幾つも買えるほどの収入を誇ったのに、現在の私の年収は、背中を丸めて駅に急ぐ勤め人のそれとたいして変わらない。怠けて仕事をしない訳ではない。大人になったために、私の存在自体が飽きられてしまったからでもない。私は誰もが知っている名を持っているものの、文壇の端っこにいられる程度の作家の一人になった、ということなのだ。

面と向かっては誰も言わないが、世間は私の才能が枯渇《こかつ》したと囁《ささや》き合っているに違いない。私は文芸誌には原稿を書かず、たまに女性誌や信販会社のPR誌などにエッセイを書いては糊口《ここう》を凌《しの》いでいるのだから。ケンジが嘘を吐く仕事だ、となじった小説家である私は、もう小説を書けないのである。

この皮肉に私の片頰は緩みかけた。が、それでもケンジが出所して手紙を送ってきたという事実が私を打ちのめしている。葬《ほうむ》り去ったと思った過去は、形を変えてまだひっそりと息づいているのだ。二十五年前の事件。私はどうしてその事実を隠匿《いんとく》したいのか。いや、もっと大きな疑問がある。私はどうして小説を書き始めたのか、ということ。そして、ケンジはいったい何者だったのかということなのだ。

いくら考えても、結論が出ないのはわかっていた。今日の考えは昨日の結論の続きではなく、明日の結論のために今日の考えを掘り進むこともできない。毎日違う風が吹いて地上の埃《ほこり》をどこかに運んで行くように、虚《むな》しい想念が私の身内を螺旋《らせん》状にぐるぐると巡っているだけなのである。私は不意にケンジのいた鉄工所に落ちていた螺旋状の鉄屑《てつくず》を思い出した。二十五年ぶりのことだった。もしかすると、ケンジからの手紙は、それらの想念や記憶を書き留めておくべき時期が来たことを知らしめてくれたのではないだろうか。物語が書けなくなった私の、最後の物語なのかもしれないから。

断っておくが、これは小説ではない。二十五年前に、私に起きたある出来事の記憶の検証と、その後の自分自身に対する考察である。ケンジが自分の引き起こした出来事を考えるように、私もケンジに巻き込まれた自分の運命というものを考えねば、ジヤックの豆の蔓《つる》のように、天空まで延びていこうとする想念の螺旋の回転を止めることはもうできない。

その出来事というのが、重大な犯罪であることは間違いない。はっきり記そう。私は十歳の時、安倍川《あべかわ》健治という名の二十五歳の工員に誘拐《ら》致《ち》され、安倍川健治の自室に一年間監禁された。ケンジには余罪があったため、精神鑑定を経た後の裁判で無期懲役刑という厳罰を下されたのだ。

ケンジが無期刑の途中で釈放された理由は定かではない。しかし、ケンジが現在、日本のある町で軟禁状態に近い形であろうが何であろうが、生きていることは確かである。だが、今書いたことは報道された事件の概要の域を出ない。事件そのものは誰も知ることはできなかったのだ。

私は警察にも両親にも、精神科の医者にも事件のことは話さなかった。子供の私が、嘘吐きにならないために、真実を話さなかったのだとしたら、「嘘吐き」とケンジに詰《なじ》られた小説家の私は何をしているのだろうか。

これから真実を書いていこうと思うが、唯一《ゆいいつ》、私の心を慰めるのは、たとえ私が死んだとしてもこの文章は誰の目にも触れることなくパソコンの中に留まる、という事実である。

子供時代は、あまり幸福な思い出がない。事件のせいで物事を歪《ゆが》めて見ているのではないか、と穿《うが》った見方をする人もいるかもしれないが、子供時代とは、大体が仄暗《ほのぐら》い影に覆《おお》われているものではないだろうか。子供は大人の影を引き受ける存在でしかないのだから。そして、私の周りにいる大人は、私を幸せにはしなかったのである。

私が生まれ育ったのは、Z県の県庁所在地Z市から、電車で三十分ほどのところにあるM市である。M市は、姿が美しいことで有名なY山の山麓《さんろく》に広がる人口十五万人ほどの市だ。火山灰地のために農作物はあまり出来ないが、T川の豊富な水量を利用した座繰《ざぐり》製糸が行われ、長い間、生糸の生産地であり、集積市場として知られてきた。その歴史が、商魂逞《たくま》しく、利に聡《さと》い人間を育て上げたのかもしれない。なぜなら、この地は養蚕が廃《すた》れてから、繊維、電機や食料品などの工場誘致を積極的に進め、工業団地を作って生き延びることに成功したのだ。

工場誘致は新しい住民の流入を伴う。古い製糸業関係者、つまり昔からこの町に住んで栄華を誇った主流の人々にとって、新しい住民はいつまで経《た》っても余所者《よそもの》でしかない。新住民はいずれ町を出て行くし、場合によっては犯罪を運び、町を堕落させる存在だ、と警戒する人間が多かった。だから、町は旧住民と新住民とに二分されていた。新しい工業都市に生まれ変わったはずのM市は、ひと皮剝《む》けば、田舎臭い因習に封じ込められたままの古い町だったのだ。それが私の生まれ育った場所だ。そして、私の家は新しく流れ込んだ工場労働者、つまり余所者だった。

私の家はM市の北側を流れるT川縁《べり》にあったが、私の父親は、T川を挟んだ対岸にある隣のK市まで古い自家用車で通勤していた。そこに、父の勤める大きな食品工場があった。K市は、人口五万弱の小都市で、父の工場を例外とすれば、大半は小さな鉄工所や町工場ばかりの雑駁《ざつぱく》な町だった。電機メーカーや木工品などの大きな工場は皆M市にあり、下請けの小さな工場はK市、と工場も棲《す》み分けられていたのである。だから、K市にはどこか投げ遣《や》りな雰囲気が漂い、町も人も殺伐としていた。

M市の昔ながらの住民は、大工場とその家族はいやいや受け入れても、K市の住民に対してはあからさまに冷ややかだった。K市の出身だと言うと、露骨に小馬鹿《こばか》にした。というのも、K市に多くあったのは、小さな町工場だけではなかったからだ。工員を遊ばせるための遊興施設や歓楽街が充実していた。キャバレーや売春宿や一杯飲み屋。K市は、荒くれた工員たちと、彼らの金をむしり取ろうと全国から集まって来る夜の女たちが住む、勤労と快楽の町でもあった。

私は両親に禁じられていたため、K市に足を踏み入れることは滅多になかった。が、たった一度だけ、父に連れられてK市に行ったことがあった。それは私が小学校二年の春休みのことだった。何の用事で父とK市に行ったのかは定かではないが、対岸、つまり私の住むM市側の堤防に並ぶ桜の花を見たことを覚えているから、もしかすると目先の変わった桜見物をしただけのことかもしれない。

K市は、私の住む場所から川を隔てた対岸なのに、風景は全く違っていた。真昼間の町はしんと静まり返り、犬や猫がのんびり道路を横断しているだけで、人気《ひとけ》がなかった。喉《のど》が渇いた、とねだる私に音《ね》を上げた父は食堂に入ろうと探したが、子供連れで入れそうな食堂や喫茶店など見当たらず、開店前の小さな飲み屋ばかりが軒を連ねていた。住み込みの工員たちは、工場で粗末な昼飯や晩飯を食べ、滅多に外食はしないのだという。

「だから、K市の店は大体が夕方に開くんだよ」

父の言葉に、私は夜のK市を想像した。ネオンが瞬《またた》き、酔った男たちが大声を上げて歩く姿。その想像は、幼い私には猥褻《わいせつ》に思えた。が、昼間目立つのは、無化粧で闊《かっ》歩《ぽ》する荒れた肌の女たちばかりだ。この女たちも、夜は化粧して綺麗《きれい》になるのだろうか。私は父の手をしっかり握りながら考えた。

「ほら、桜」

父が川の対岸を指さした。T川の堤防沿いに、白っぽい満開の桜が低い雲のように咲き誇っていた。その合間から、私の住まう団地が見えた。曇った空の下の白い桜と、灰色の建物の群れ。それを見て、私は自分が何とつまらないところに住んでいるのだろうと思ったものだ。だけど、K市よりはましだ。私は西部劇に出てくるゴーストタウンのような町を振り返った。寝巻きとしか思えない白いワンピースを着た女が、驚いた私の視線を受け止めて、追い払う仕種《しぐさ》をした。

その頃、ケンジは、K市で従業員が二名しかいない小さな鉄工所に住み込みで働いていたのだった。

私は、M市郊外の巨大な団地で生まれ、育った。

その団地は、工場誘致に伴って増え続ける工員の家族のために建てられた住宅だった。当時は珍しい十階建ての巨大な建物が三棟ずつ並んで扇形を形作り、その扇の要《かなめ》の部分は、コミュニティセンターという名の殺風景な建物とカラフルな遊具の置いてあるだだっ広い公園だった。コミュニティセンターでは、理事会や子供会の行事が始終開かれていたが、本来の目的は、団地の狭い部屋の住人が死んだ時の葬式会場だった。しかし、住民の大半は若い核家族で、私が子供時代に見た葬式は、数えるほどしかない。

団地住民の数だけでも二万人近くはいたはずだから、団地全体がブルーカラーの孤島、といった様相を呈していた。小学校も中学校もスーパーも敷地内に新設され、団地の中にいれば、生活のすべてが事足りた。しかし、大概の家庭は、子供を数人抱えてかつかつの暮らしをしていた。子供が学校に行くようになると、主婦は近隣の農家に農作物の収穫や梱包《こんぽう》などのパートに出て家計の足しにしていた。

団地の部屋は、台所に繋《つな》がる四畳半の食堂と、団地サイズの六畳間ふたつの２ＤＫ。それに、ユニットバスが付いていた。どの家も同じ間取りで、似たような家族構成だったから、下からベランダを眺めれば、面白いように同じ景色が見られた。ベランダの片隅にプラスチック製の簡易物置が置かれ、天気のいい日は一斉に布団《ふとん》を干し、五月は小さな鯉《こい》のぼりがはためく。七月には七夕飾り、夏休みは子供たちが夏休みの宿題で持ち帰った、観察日記を付けるための朝顔の鉢が置かれた。

私の家は、六畳間の片方が両親の寝室で、もうひとつは居間として使われていた。居間には母が四六時中磨き立てているアップライト型のピアノが据え置かれた。家具の多い居間で寝ていた私は、ピアノの下まで布団を敷き入れなければ、寝ることができなかった。だが、そんな狭い住まいであるにも拘《かか》わらず、私は自分の部屋が欲しいと思ったことは一度もない。どこの家も同じだったから、私は一人っ子である自分を、むしろ幸運だと感じていたのだ。

父は毎日、T川に架かる大橋を越えて、K市側にあるカップ麵《めん》の工場に働きに行った。そして、帰りに工員仲間とK市の歓楽街で安酒を飲んで帰って来ることもあった。父はそんな晩、必ず憂鬱《ゆううつ》そうな顔になった。どうしてあんなところで飲むの、市内で飲めばいいのに、と母に詰られるからだった。

M市にも古い歓楽街があるということだったが、それはM市に昔から住んでいる旦《だん》那衆《なしゅう》や勤め人のための店で、何となく敷居が高いのだ、と父はこぼした。母は、M市の中心部にある老舗《しにせ》のデパートや格式の高い料理店が好きで、父がなぜK市のような下品な町で遊んで帰るのか理解できなかったのだろう。

母は、私が幼稚園に上がると、家でピアノを教え始めた。音楽は母の唯一の趣味で、人に自慢できることだった。私が大きくなったら自宅でピアノ教室を開くのが夢だったのだ。だが、家事の合間に近所の子供たちに教える程度で、本格的な教室を開いていた訳ではない。

家には、母の希望を叶《かな》えるだけのスペースはなかった。生徒が来ると、居場所がなくなった私は、外廊下に出なければならなかった。私は階段に座布団を敷いて座り、レッスンの終わるのを待った。冬は寒いので、浴室に閉じ籠《こ》もり、空の風呂桶《ふろおけ》の中で本を読んだ。

母にピアノを習いに来る子供たちも、私の家と同様、親は食品工場や電機メーカーで働くブルーカラーの家の子供だった。そのためか、挨拶《あいさつ》に来る親も、レッスンに来る子供も、どこか根無し草のように頼りなげな表情をしたり、自信たっぷりな物言いをしたり、安定を欠いていた。きっと私も、彼らとそっくりな顔付きをしていたに違いない。

私の母は、現実というものが一切わかっていない人だった。「分相応」という言葉があるが、「分」そのものが理解できない母にとっては、そんな言葉など端《はな》から無意味だった。

母は、工場の社宅で埋もれるのは嫌だと言って、いつも不必要に着飾り、周囲から目立つ服装や行いを好んだ。それも、どこか芝居がかっているのだった。くるぶしまでのロングスカート、肩に巻き付けた赤いストール、青いアイシャドウ、大振りの光るイヤリング。髪も茶に染めていたため、母が科《しな》を作ってスーパーに向かうと、近所の人たちは必ず振り返って母を見た。もしかすると、若い頃に何度か開いたというコンサートの余熱が、常に母を内側から火照《ほて》らせていたのかもしれない。

母は家でよく、コールユーブンゲンだの歌曲だのを、朝から朗々と歌っていた。近所の人に、「歌声が聞こえましたよ」と言われれば相好《そうごう》を崩して褒められるのを待ち、何も言われないと意気消沈して「気付いているのに言わないのよ。皆、私が音大出で気位が高いと思って意地悪をしている」と、人々を恨んだ。

母に現実認識がないのは、団地のような均質な人間関係しか存在しないところではイジメの対象になりがちだった。実際、私が誘拐された時、何人の人たちが本気で探してくれたのだろう、と疑問に思う。

私は母のことで始終厭味《いやみ》を言われたり、からかわれたりしたが、まだ幼くてわからなかったのが幸いなのか、不幸なのかはわからない。ただ幼いなりに、自分の母親が他の人と違っている、と居心地の悪さを感じていた。他方、父は他人を恨むこともできない気弱なブルーカラー系の技術者で、カップ麺に入れる乾燥ネギの開発に余念がなかった。

小学校四年の秋に事件が起きるまで、私は母にピアノを習い、隣町までバレエを習いに行かされていた。隣町にバレエを習いに行っている子供は、団地の中でも私一人だった。

団地に歌曲やピアノのレッスンをする母がいたように、バレエ教室も、存在はしたのだ。その教室は、週に一度、コミュニティセンターの中で開かれていた。母は自分で教室を下見に行って、私にこう囁いた。

「ブルマで踊るなんて、まるで体操教室じゃないの。駄目よ、あの先生は。腕も曲がっているし、ルルベする時に踵《かかと》がちゃんと上がってなかったもの」

こうして隣町のバレエ教室に通わされることになった私は、母よりも遥《はる》かに厳しく、現実というものの姿を逃げずに見つめる目を育て上げた。ただでさえ目立つ母の子供である私は、バレエの行き帰りに団地の子から苛《いじ》められたのだ。シニヨンに結った髪を指さして、「スカしてる」とからかう女の子。母のコールユーブンゲンを真似《まね》て奇声を発しながら、どこまでも追いかけて来て囃《はや》し立てる男の子たち。バレエ用のピンクのタイツを「豚みたいな色」と言って嘲笑《あざわら》う年長の子供。

私はいつも俯《うつむ》いてバス停に急いだ。ケンジに誘拐されたのが、バレエ教室の帰り道だったことから、助け出された後の私はこう思ったものだ。近所の子供たちは驚きこそすれ、決して私の運命に同情などしなかっただろう、と。

バレエ教室でもまた、私は隣町に住む少女たちから徹底的に無視された。隣町は、M市のホワイトカラーの住む町で、会社員や公務員、教員、富裕な農家の子供たちが主だった。少女たちは、もつれて解《ほど》けない糸のように仲良し同士で固まり、集団で行動した。彼女たちは私が入って行くと、私の姿をさっと一瞥《いちべつ》し、すぐさま互いの耳許に何かを囁き合っては笑った。多分、私の野暮ったい服装や、垢《あか》抜けない顔を馬鹿にしたのだろうと私は悔しく思ったものだが、彼女たちの冷笑は、それだけではなかった。

ある日、私が踊った後、馬鹿正直な誰かが「新町からわざわざ来るんだから、すごくうまいのかと思ってた」と、失望を隠さずに言った。それが彼女たちの反感の源だったことに、私は長く気付かなかった。私はバレエが好きではなく、母親に言われたから嫌々来ているに過ぎない。そのことが、彼女たちは気に入らなかったのだ。私がバレエが大好きだから隣町までやって来て、しかも努力をしていたのなら、彼女たちは私を受け入れたに違いないのだ。どんなに幼くても、友情に尊敬は伴うのである。彼女たちは、教室の帰りに私が行方不明になったと聞き、顔を見合わせてから小さく笑ったそうだ。

つまり、私は常にその場所にそぐわない存在であり、またそぐわないことに気が回らない子供だったのだ。その発見は、私の母の存在を身近に感じさせた。私は母親が嫌いだったが、実は私も母によく似た子供だったのだろう。

バレエ教師は、まだ二十代前半の無邪気な女だった。しなやかな体にラベンダーや薄青のレオタードを着て、レオタードの色に合わせたジョーゼットの花柄巻きスカートを毎回変えては少女たちの憧《あこが》れを独り占めしていた。そんな洒落《しゃれ》たバレエ用品の店はM市内のどこを探してもなく、少女たちはジョーゼットの生地を買って、思い思いのスカートを作り、教師を真似た。無論、バイヤス裁ちの薄い生地のスカートが子供に作れる訳はない。従って、バレエの練習着作りも親がかり、という馬鹿馬鹿しい状況だったのだ。私はいつも黒いレオタードを着ていたから、嫌でもよく目立っていたことなど、母は知る由《よし》もない。

事件が起きたのは、十一月の夕暮れ時だった。バレエ教室が終わるのが五時。辺りは真っ暗になるので、ほとんどの生徒には母親が迎えに来ていた。が、私は一人でバスに乗り、団地まで帰った。その日に限って、なぜ新町の停留所で降りずにT川を渡ったのかは自分でもよくわからない。ただひとつ覚えているのは、その日、レオタードのせいで、バレエ教室の生徒から私が「カラス」と呼ばれたことぐらいである。

バスでT川を渡り、終点のK市まで行った私の姿を、バスの乗客は誰も記憶していなかったと後で聞いた。小学生の女の子など乗っていなかった、乗客は口々にそう証言したのだという。だから、バレエ教室の帰りに忽然《こつぜん》と姿を消した私は、バス停で一人待っているところを車で拉致された、と考えられたのだった。K市でのM市の警察の捜査は通り一遍で、見当違いの町や村の、車を持っている者ばかりが疑われたのもそのせいだった。バスの中は、勤め帰りの大人や、詰め襟の高校生たちであれだけ混んでいたのに、乗客たちは何を見ていたのだろう、と私は不思議に思ったものだ。

私はバスの中で眠ってはいなかった。乗客の顔を眺めたり、額の皮が引きつれるほどきつく結い上げられた髪のピンを抜いたり、稽古《けいこ》バッグの中に入れてきたマンガを探したり、カラスと言われたことに小さな溜息《ためいき》を洩《も》らしたり、と小学校四年の女の子らしく、落ち着きなく動いていたはずだった。隣に座った中年男は、膝《ひざ》の上の通勤鞄《かばん》に落ちた私のヘアピンを拾って手渡してくれたではないか。終点のK市で降りる時、バックミラーで乗降口を見ていた運転手と目が合ったではないか。

私の姿が乗客の目に留まっていなかったのだとしたら、私の存在を打ち消したい乗客の無意識ゆえではないだろうか。理由はわからないが、私は悪意にすぐ取り囲まれる子供だったからだ。団地でも学校でもバレエ教室でも。私の顔が嫌悪《けんお》を生じさせるのか、表情か、態度か。私は気付かないが、母から受け継いだ現実と折り合えない何かが他人を苛立《いらだ》たせたのだろう。かといって存在感が際立《きわだ》っているのではなく、不快だから消し去りたいと思わせるものが私の中にあったのかもしれない。

あるいは、すでにバスの中からケンジの切実な意志が働いていたのだ。ケンジの意志。それは、可愛《かわい》い小さなものが欲しい、という叫びだった。可愛い小さなものなら、犬でも猫でも小鳥でもいいのだ。実際、それらの死骸《しがい》は工場の裏庭に埋めてあった。そう、もう一人の可愛い小さな者と一緒に。

バスが団地の停留所に向かって減速した時、私は堤防の向こう側に広がるK市の街明かりを眺めていた。きらきら瞬く光。K市で一番高い建物に掲げられたキャバレーの大きなネオン。そのネオンチューブの中では、水着姿の女がラインダンスをして投げキッスをするのだった。私は家に帰りたくない、と思った。いや、正確に言えば、夕食を作る母親に会いたくなかったのだ。

私の母は癇性《かんしょう》で、眉間《みけん》に皺《しわ》を寄せて乱暴に食事を作った。食器棚からガシャガシャと音を立てて茶碗《ちゃわん》や皿を取り出す。勢い良く開けた引出しから箸《はし》を鷲掴《わしづか》みにする。シンクに転げ落ちるジャガイモ。まな板の上でカンカンと耳障《みみざわ》りな音を立てる包丁。美しい歌を好み、うっとりとピアノを弾く母の生活音がなぜあれほど荒々しいのか、私にはどうしても理解できなかった。普段、母が夕食を作る時間になると、私は必ずテレビを点《つ》けて画面に没頭することにしていた。でも、バレエから帰った日はまともにその場面に遭遇する羽目になる。その晩の私は、そういう母に会いたくないと思ったのだ。

私は急に父を迎えに行く気になった。父はきっとK市の店で飲んで帰る。それがどこかはわからないが、一軒ずつ尋ねれば会えるはず。私は団地の停留所で降りるのをやめ、期待と不安でどきどきしながらT川に架かる橋を渡った。

夜のK市は、二年前の昼間に見た街と様相を変えていた。あの時はまるでゴーストタウンに思えたのに、夜はオレンジやピンクの暖色系の看板やネオンサインに満ち溢《あふ》れ、遊園地みたいだった。木枯らしの吹く中、どこから集まって来たのか、人が沢山歩いていた。作業着姿の男たちが連れ立って店をひやかし、女は皆、薄く短いドレスで店の前に立って客を引いている。フィリピン人らしい膚の浅黒い女が私にウィンクしてくれた。数年前の出来事とは随分違う。私は嬉《うれ》しくて、しばらくその店の前に立っていた。

しかし、ここでも私は、女の子を目撃したという証言をされていない。その夜の私は、大人たちに混じって移動したり、一緒にいたのに、彼らには子供の姿など全く目に入っていなかった。でも、現在の私にはそれがよくわかる。鬱屈のある大人には、子供の存在など端から視界に入らないのだ。だが、ケンジは逆だった。大人は風景の一部に過ぎず、子供と動物しか見えない男。

私の肩を、何かがとんとんと軽く叩《たた》いた。驚いて振り向くと、若い男が大きな白猫を抱いて立っていた。灰色のジャンパーに作業ズボン。サンダル履きで薄汚れた靴下の先に穴が空いている。揃《そろ》わない髪は乾いて額に垂れ、眉《まゆ》がハの字に開いた間抜けな顔。眉の下の小さな目が私を見て人懐《ひとなつ》こく輝いた。フィリピン人の女が、猫を見て指さして何か言ったが、男は女の方を見もしないで、再び猫の前足で私の髪を触った。私は髪を押さえて笑った。

「びっくりした」

男は黙って、今度は猫の前足を使って、おいでおいで、と手招きしてみせた。私は面白くなって猫に釣られて後を追った。男は猫の鳴き声を真似た。みゃーお、みゃーお。

「うまいね」

「うまいでしょう」

暗い路地に入った途端、男の手から猫が飛び降りて走り去った。

「逃げちゃったよ」

瞬間、私は頭から黒い布を被《かぶ》されて何が何だかわからなくなった。男が地面に落ちた稽古バッグを拾い、私を肩に担《かつ》いで走りだした。男の厳《いか》つい肩がお腹《なか》に食い込んで痛かった。しかし、私は声を上げることもできず、大変なことになった、どうしようどうしよう、お父さんに言わなくちゃ、とそればかり考えていたのだった。殺されるかもしれない、と思ったら、悲鳴が出た。

「お父さん、助けて」

男が袋の上から私の太腿《ふともも》を抓《つね》った。痛みと抓られた場所に衝撃を受け、私は怖ろしさで震えた。この男に何かとても嫌なことをされるのだ。そして殺される。T川に投げ込まれたらどうしようか、と。五年前に、私と同じ小学校に通っていた男の子が自転車ごと川に投げ込まれて死んだ事件があったのだ。私が静まると、男は愉快そうに猫の鳴き声を低く真似て、ゆっくり歩いた。みゃーお、みゃーお。何分歩いたかわからない。鍵《かぎ》を開ける音がして、とんとんと階段を上って行く。もうひとつの鍵。私は部屋の中に袋ごと放り出された。男は私を袋に閉じこめたまま電気を点けたり、鍵をかけたりばたばたと動き回っていた。袋がさっと取られた。眩《まぶ》しさに目を細めた私は、いきなり吐いた。給食のパンやシチューが畳を汚した。

「しっかたないなあ」

男は黒い袋で吐瀉物《としゃぶつ》を拭《ぬぐ》い、私の頭を叩いた。力は入ってなかったが、粗相をした動物をなぶるような態度に戦《おのの》いた私の全身に、ぶつぶつと大きな鳥肌が立った。

髪も指も汚れた髪を指で梳《す》いた。

「声を出すなよ」

私は承知したという印に何度も頷《うなず》き、吐いた際に汚れた髪を指で梳《す》いた。髪も指も嫌な臭《にお》いがするが、洗わせてほしいとは言いだせない。バスの中で結った髪を解《ほど》いてしまって失敗した、と私はそんなどうでもいいことを考えた。やがて、大変なことになったという思いで頭がいっぱいになり、何も考えられなくなった。男は黒い袋をビニール袋に入れて口を縛り、玄関の三和土《たたき》に置いた。縛り方は下手糞《へたくそ》だった。男は済んだ、という風に手を叩き、私の方に向き直った。

「これから、ここで暮らすんだよ」

私は泣いたが、男に言われた通り声は上げなかった。男は私の反応を観察しているのか、首を傾《かし》げて眺めている。当時の私はたった十歳だったが、男の私に対する扱いが手慣れている感がして、奇異に思ったものだ。

私は臭う指で涙を拭《ふ》きながら、「ここで暮らす」と言われた部屋を眺めた。部屋は奇妙だった。アパートの一室らしいが、窓と思《おぼ》しき場所には黒い紙が貼《は》られ、外を見ることはできない。玄関ドアもベニヤ板を打ち付けて補強してある。蛍光灯の寒々しい光が、そそけた畳や何カ月も洗っていなさそうな皺だらけのシーツを被せたベッドを青白く照らしていた。

「ここはどこですか」

「お兄さんの家」

「K市の何て町」

「忘れちゃった」

男は不器用な手付きで電気ストーブに火を点けた。旧式のひどく汚れた代物《しろもの》だったが、寒さに震えていた私はほっとした。私は勇気を奮って、一番気になっていたことを尋ねた。

「私はもうお父さんやお母さんに会えないの」

「そうだよ」

男は弾む声で答え、涙を流す私の顔をしげしげと観察した。男は私がこの部屋にいることが嬉しくて堪《たま》らない様子だった。

「学校も行けないの」

「行っちゃ駄目だよ。みっちゃん逃げちゃうでしょう」

「みっちゃん？」

「僕はケンジ。仲良くしようね」

みっちゃんとは誰だ。仲良くしよう、というのはどういうことだ。私は大人の男にしか思えないケンジを呆《あき》れた思いで見上げた。頭のおかしな人に捕まったのだ、という絶望感が幼い私を混乱させていた。

「みっちゃんは何年何組なの」

「四年一組です」

「じゃ、僕も入れてよ」

私がよほど啞《あ》然《ぜん》とした顔をしたのだろう。ケンジは顔色を変え、不満そうに私を見た。

「返事は」

「嫌だ、うちに帰りたい」

私は激しく泣きだした。抑えようとしても嗚《お》咽《えつ》が止まらなかったのだ。ケンジは初め、おろおろと私の周囲を歩き回っていたが、そのうち「駄目だよ、駄目だよ」と呟《つぶや》いた。その言葉は爆発の導火線だったのだ。私は突然、横っ面《つら》を張り飛ばされて畳の上を転がった。頰が火照って、頭の中が空っぽになった。痛みよりも恐怖が大きく、私は頰を押さえて畳の上を後退《あとずさ》った。ケンジの目が据わっている。「駄目だよ、駄目だよ」。ケンジはそう言いながら、私の顔を拳《こぶし》で何度も殴った。目から火花が出るほどの痛みと恐ろしさに、私は失禁さえしたのだ。

「みっちゃん、駄目だよ。大きな声を出したら。返事は」

「はい」

辛うじてした返事に、ケンジは満足げに頷いた。ケンジの暴力は、それからも度々あった。きっかけはいつも些細《ささい》なことで、ケンジの要請に私がすぐに応《こた》えない時や、私が泣いた時に起きた。私は殴られるのを恐れ、ケンジの前で泣くのをやめて、ひたすらケンジのペースに巻き込まれる努力をしたのだった。

その夜、私はベッドに横たわったものの一睡もできなかった。殴られた顔が腫《は》れ上がってきたので顔が熱い。私は顔の熱感を抑えようと冷たい手を両の頰に当てた。隣ではケンジが寝息を立てている。時々ケンジの手が私の体をまさぐるのが嫌で、できる限り体を離そうとしたが、ケンジはその度に私を抱き寄せるのだった。失禁した時に濡《ぬ》らした下着を穿《は》いたままなのが気持ち悪い。みゃーお。ケンジが寝言で猫の真似をした。この時の私は、嫌悪と恐怖で少し狂っていたのではないだろうか。声を出して笑ってしまったのだ。ケンジが暗闇《くらやみ》の中で私を見ているのを感じた。殴られる、と私は硬直した。だが、ケンジは私の腫れた頰をがさついた手で撫《な》でただけだった。

「みっちゃん、何がおかしいの」

ケンジは私が泣くとパニックになって私を殴る。狂気でも本物の笑いでも、それが笑いなら許すのだ。私は引《ひ》き攣《つ》る腹を抱えるように体を曲げた。ここで眠ることができたらどんなにいいだろうと思ったが、私の足首には小便で濡れたパンツより更に冷たい手錠が掛けられ、ベッドの鉄柱に繋がれているのだった。

子供の身でありながら、この夜の私は、実に様々なことを考えたものだ。両親はどうしているか、なぜT川を渡ってK市に来てしまったのだろうか、私が発表することになっていた社会の「私の町研究」はどうするのか、バレエ教室には休むという連絡をするのか。そして最後は、この質問に行き着くのだった。自分を捕えたケンジという男はいったい何者なのか、と。答えが出るはずもなかった。三十五歳になり、言葉を使って考える職業に就いた私でも、未《いま》だにわからないからである。

夜が明けたことは、耳を澄ましていれば薄々感じられた。自転車で遠くを走る牛乳屋の瓶の音や、犬の鳴き声など、周囲の物音が朝を告げている。窓からは一筋の光も入らないが、私は少し希望を持った。私がいないことに気付いた大人たちが、助けに来てくれるかもしれないと思ったのだ。それに、バスの乗客や私にウィンクしたフィリピンの女の人は私とケンジの出会いを見ていたから、警察に通報してくれるだろう。逃げ出すチャンスは必ず来る。

「ああ、起きなくちゃ」伸びをしたケンジが布団を剥《は》いだ。私は寒さに身じろぎした。

「みっちゃんは今日はお留守番だよ。僕は下で働いてくるから」

「下で何をするの」

「工場があるんだよ」

この時の私の落胆がどんなに大きかったかは言うまでもない。ケンジが階下で働いているのなら、逃げることができないではないか。

ケンジは、ベッドの横に脱ぎ捨ててあった衣服をだらしなく身に着けた。油で汚れた作業ズボンに片足を入れ、灰色の作業着に両袖《そで》を通す。上着のジッパーを上げずに、ズボンのもう片方を穿いて布製のベルトを締める。ズボンの前が開いたままだったが気にも留めなかった。ケンジは小さなテーブルの上に置いてあった指の脂《あぶら》だらけのシェーバーを摑み、髭《ひげ》を剃《そ》り始めた。

ブーンというシェーバーの音は、父親を思い出させた。洗面所で父とかち合った私は、洗面所を譲って、父が髭を剃るところを飽かず眺めたものだ。大人の男はどうしてひと晩で髭が伸びるのだろう、と不思議でならなかった。

昨夜は四年一組に入りたい、と言ったケンジも、本当は髭を剃る大人なのだった。

大人がなぜ子供の振りをするのだろう。やはりケンジは頭がおかしいのだろうか。不意に、ある考えが浮かんだ。ケンジは、私を手なずけるために子供の私に媚《こ》びたのだ、と。絶対に手なずけられるもんか、と私は決意した。何とか生き延びて、いつかはこの部屋から逃げ出すのだ。そして、ケンジは警察に捕まって牢屋《ろうや》に入れられる。おうちに帰して、と泣いたって許さない。私はケンジの後ろ姿を睨《にら》み付けたが、ケンジは私がいることなんか忘れたみたいに、ぼんやりした顔でシェーバーを動かしていた。その放心したような表情も私の父親にそっくりだった。

部屋の外で足音がした。廊下を踏みしめるミシミシという音。このアパートに他にも住んでいる人がいる。私は、その人物に私がここに囚《とら》われていることを伝えようと思い、大きな声でケンジに話しかけた。

「おじさん、お水飲みたい」

ケンジは私の意図を悟ったらしく、やや慌《あわ》てた様子で私のところに飛んで来た。口を噤め、と自分の人さし指を唇の前に立てた。私はめげずに声を張り上げた。

「喉が渇いたの。お水が飲みたい」

ケンジの荒れた手が私の口を乱暴に押さえた。その間、足音はどんどん遠ざかり、階段を下りて行く音に変わった。落胆したが、誰かが近くに住んでいる、という希望は私を少し元気にした。ケンジの手がごつくて冷たいことも、爪《つめ》の間に黒い汚れが溜《た》まっていることも、それほど気にならなかった。

「水は薬缶《やかん》に入ってるよ」

ケンジはテーブルを指した。煤《すす》だらけのアルマイトの薬缶があった。

「おじさん、水飲むから足の鎖取って」

私は懇願した。ケンジは困ったように、眉根を寄せた。

「僕はおじさんじゃないよ」

「ケンジって呼ぶから、鎖取って。これ痛い」

ケンジはしばらく私の足首とベッドを繋いでいる手錠を眺めていたが、やがてポケットから小さな鍵を取り出して錠を外した。よく見ると、その手錠は玩具《おもちゃ》で、私の力でも容易に捻《ね》じ曲がりそうなちゃちな代物だった。

「僕が仕事に行ってる間、ここでおとなしく待っててよ。でないと、ご飯もお水もあげないよ。いい子にしてたら、三時に出るおやつも持って来てあげるからね。時々、奥さんがお饅頭《まんじゅう》とかくれるんだよ」

私は承知したと大きく頷いた。最初、ケンジは不安げに私を見ていた。それから、部屋のドアを開け、出て行きざまに部屋の明かりを消した。ドアが閉じられ、外から施錠《せじょう》する音。ケンジが廊下を歩いて行く。朝だというのに、私は真っ暗な部屋に一人取り残された。

私はベッドの上に起き上がり、黒い紙が貼られた窓の辺りを眺めた。あの紙を剝がして外を見られないだろうか。私がここにいることを誰かに知らせたい欲求よりも、まずは光を探し求めてのことだった。ひと筋も光の射《さ》さない暗い部屋に取り残されたことが怖ろしかったのだ。もしかすると、ケンジももう戻って来ず、私は真っ暗な部屋に一生閉じ込められたままで死ぬかもしれない。そんなことを想像したら、私は突如恐慌《きょうこう》に襲われて心臓が破裂しそうになった。私はベッドから下りて、手探りで窓の方向に向かった。

窓は完全に封じられていた。窓枠の上からベニヤ板が打ち付けられ、その上に黒い紙が貼ってあったのだ。部屋の光が外に漏れることはないし、外からは無人の空き部屋にしか見えないだろう。私はがっかりしてベニヤ板が外れないかと引っ張ってみたが、私の指は板をしっかりと固定している釘《くぎ》の頭に虚しく触れるだけだった。

突然、ドスンという轟音《ごうおん》がして、私は腰を抜かした。続いて、空気が圧縮されるシュッという音と、またドスンと何かを潰《つぶ》す音が響いた。音は堪え難いほどの大きさで部屋の空気を揺るがしながら、規則正しく繰り返された。よく聞いてみると、ふたつの機械がそれぞれ違うリズムで、シュッ、ドスンを繰り返し、静まることはない。

ケンジの勤める仕事場はこんな大きな音を立てる工場だったのだ。私は耳を塞《ふさ》ぎ、畳の上にへたり込んだ。ドスンという度に、床が振動でびりびりと震える。部屋の中にある物すべてがかたかたと共鳴する。ベッドも貧相なテーブルも、シェーバーも、薬缶も。そして私の体も電気を帯びたように轟音に共鳴した。

「助けてー」

音の前には、私の叫びなど何の意味もなかった。馬鹿な振りをするケンジが、とてつもなくずる賢い男だということに、私が初めて気付いた瞬間だった。ケンジは、工場の騒音が私の行動を封じることを知って監禁しているのだ。私は絶望と苛立ちとで意気消沈し、間欠的に揺れる畳の上で、ほとんど気を失いかけていた。そのぐらい絶望は深かった。


私は現在、この時の記憶を、でき得る限り正確に書き残そうと努力している。たった十歳の私が、持てる知恵と体力と意志と、ありとあらゆる能力を総動員して生き抜こうとした経緯を何とか表したいと願っている。だが、当時の私の希望や絶望を言葉で伝えられるかどうかは、自信がない。私が言葉を扱う小説家だとしても、十歳の体験すべてを現在の私の言葉で蘇らせることなど不可能なのだ。

弱音を吐いているのではない。それはおそらく、現在の私の方が、十歳の頃の私よりも脆弱《ぜいじゃく》だからである。私は知的に成長したがゆえに、記憶を正確になぞる能力、言い換えれば実感を衰えさせている。例えば、十歳の私がケンジの部屋で一夜を過ごし、翌朝の工場の騒音の中で気を失いかけたことは、現在の私からすると信じ難い。それよりはケンジの暴力の方が惨《むご》いし、ケンジが私を性的に利用したことの方が許せない、と私自身が考えているのだ。

しかし、記憶を丁寧に辿《たど》っていく作業は、むしろ意外な発見に満ちている。ケンジと相対しているよりも、暗闇の中で防ぎようのない轟音に晒《さら》されていた時の方が、遥かに恐慌をきたしたという事実。当時の私は孤独を恐怖したのである。ケンジという人物は怖ろしかったが、想像力を働かせられる分だけ、私は生きている実感を得ていたのである。

急に静寂が訪れた。ドアが外から開けられて光が射し込んだ。仕事を終えたケンジが戻って来たのだった。ケンジは強烈なそばつゆの匂《にお》いと共に部屋に入って来て、まず明かりを点けた。私は光に目が慣れず、畳に横たわったまま現実感を取り戻そうと努力していた。ケンジは手にしたアルマイトの盆を高く掲げた。

「みっちゃん、給食の時間でちゅよ。お腹空《す》いたでしょう」

私はケンジの飼い猫のようなものに過ぎない、と思ったのは、ケンジの甘い言葉遣いのせいだった。

「起きて」

私は返答せずに、最初に肘《ひじ》を突き、頭を上げ、ぐずぐずと起き上がった。空腹感は全くなかった。ケンジはアルマイトの盆をテーブルに置き、薬缶に目を遣った。

「水飲んだ？」

「ううん」と、首を振り、私は唾《つば》を飲み込んでから言った。「ちょうだい」

私は薬缶の首に直接口を付け、喉を鳴らして飲んだ。いつ汲《く》んだのかわからない水は錆《さび》の味がして不味《まず》かったが、いったん飲みだしたら止まらなかった。水分を口に含んだのは、実に十九時間ぶりだったのだ。私はバレエ教室が終わった時から、よく効いた暖房のせいで喉がからからだったことを思い出していた。バレエ教室のことを考えると、不意に涙が出た。もう二度とそういう平穏な生活ができないことを予見したのだった。それは正しかった。解放された後も、私は元の生活に戻ることができなかったのだから。が、ケンジは私の涙を見て、不思議そうな顔をした。

「どうしたの、みっちゃん。おうちのことを考えてるの」

「うん」

「早く忘れようね」ケンジは私の頭に軽く触れた。「それより、これ半分こしよう」

ケンジは腹が減ったらしく、口の中に唾液《だえき》を溢れさせながらアルマイトの盆に載せた食べ物を私に見せた。丼《どんぶり》にはうどんが入っていた。茶色いつゆの中の大量の太いうどん。それは伸びかかっており、太く見えたうどんはつゆを吸って巨大に膨れ上がっているのだった。干からびた鳴戸が一枚とネギ。紫色の海苔《のり》が飯粒にへばり付いている小さなお握りが二個。黄色い沢庵《たくあん》がふた切れ。それにミカンが一個だった。幼児のような握り箸で、ケンジはうどんを何本か皿に取り分けてくれた。私は煮染《にし》めた色のうどんを嫌々飲み込んだ。食欲を感じなかった。

「ご飯はね、いつも奥さんが作って持って来てくれるんだよ」

「奥さんて誰」

「社長の奥さん」

「他の人は働いてないの」

私は、朝聞いた足音の主を知りたくて尋ねた。ケンジはうどんを啜《すす》るのに夢中だったが、さりげなく答えた。

「いるよ。ヤタベさんていう先輩」

ヤタベという男が、同じ二階に住み込んでいる。私はそのことを心に留めた。いつか、私を助け出してくれるとしたら、ヤタベさんだ。ケンジは握り飯を私にはくれず、全部一人で食べた。

「ミカンはみっちゃんにあげるよ」

私は手に押し付けられたミカンを見つめた。一週間前に、母親が団地のスーパーで買ってきて初物を食べたばかりだった。またしても涙がこぼれそうだったが、我慢して涙を飲み込んだから喉が塩辛くなった。このミカンを食べ終わったら午後も騒音に堪えて一人っきりで過ごさなくてはならない。そして、それは永遠に続くのだ。私はケンジに懇願した。

「おじさん、おうちに帰して」

「駄目だよ。そんなこと言ったら、僕何するかわかんないよ」

駄目だよ、昨夜のケンジはそう言いながら殴った。私は怯《おび》えて後退った。ケンジは大人びた目で私を見ている。

「駄目だよ、みっちゃん。約束したじゃない」

「してないよ」

私は小さな声で反論した。ケンジは楊枝《ようじ》で歯をせせり、私の頬を撫でた。

「みっちゃんのほっぺ、すべすべして可愛いね」

私は警戒した。ケンジの表情にこれまでにないものが現れ出たような気がしたのだ。

ケンジはいきなり作業ズボンを脱いだ。もどかしそうに白いブリーフを取る。勃起《ぼっき》した性器が飛び出したので、私は硬直した。

「みっちゃん、裸でベッドに横になってよ」

「嫌だ」

「駄目だよ、僕の言うこと聞かなくちゃ。駄目だよ、駄目だよ」

ケンジは、脅すように握った拳に息を吐きかけた。私は急いで言われた通りに、ピンクのセーターを脱ぎ、紺色のスカートのホックを外した。私が脱ぐ様をケンジは性器をいじりながら見ている。殴られるよりはいい。私は観念して下着を取った。

十歳の私は、すでに性がどういうものかはおぼろげに知っていた。クラスの女の子の間で、卑猥な話が流行《はや》っていたのだ。男のおちんちんが女の穴に入るんだよ。嫌だ、最低。どうやって入れるの。おちんちんが硬くなるんだってさ。あたしはおちんちんを女が齧《かじ》ってる写真見たよ。嘘。そんなこと絶対しないよ、あたし。その手の会話は、情報を仕入れた者が他を啓蒙《けいもう》する形で行われる。奥手の私は常に啓蒙される側だったのだ。しかも、自分の身に起こるとは想像もしていない。

横たわった私の側にケンジが立っているのを感じ、私は何も見るまいと両手でしっかりと目を塞いだ。ケンジは私の体を凝視して、夢中で自慰をした。ただ見られるだけで何もされないとわかった途端、私は手の隙間《すきま》からケンジの様子を覗《のぞ》き見た。ケンジの赤黒い巨大なペニス。激しく動く指。汚れた爪。ケンジが何か叫んで射精した時、私はこみ上げる悲鳴を必死に堪《こら》えるために、目を塞いでいた手を口に当てた。

昼休みに部屋に戻って来るケンジは、必ずと言っていいほど私を裸にして自慰をした。私は工場の騒音がケンジの頭を性的にするのだ、と信じて疑わなかった。私も変てこになるのだから、仕事をしているケンジはもっと気持ちの悪い者に変身するはずだ。そう思い込んでいた。このことは、警察にも精神科医にも告げたことはない。私には、よくわかっていたのだ。警察がケンジと私との性的関係を聞き出したがっているのが。私が昼休みのことを言えば、誰もが興奮し、もっと嫌らしい想像をするに違いないという予感。子供の私でも、そのことは本能的に知っていた。

私は昼間が怖かった。騒音も変身したケンジも怖かった。昼間のケンジは髭を当たる働き者の大人の男で、よく飯を食い、言葉遣いも普通だった。私を拾って来た猫みたいに扱い、可愛がったり軽んじたりした。そして昼休みの終わりには必ず、私を裸にして体を見たがり、自慰をする。だが、夜のケンジは、私と同じ四年一組の「ケンジくん」になる。


おぞましい行為の後、ケンジは汚れた手を下着で拭い、構わずその上から作業ズボンをはいた。私は自分が服を着るのも忘れ、ケンジの不潔さに衝撃を受けた。あの手で仕事に行き、工場の機械に触れる。その想像は、工場の轟音とも相まって昼間のケンジという者を激しく嫌悪させる原因となった。唯一の救いは、ケンジが私の体に手を触れないことぐらいだった。不意に、私は自分が裸でいるのに気付き、これ以上、ケンジに何かされないように急いで服を着たが、その心配は無用だった。午後の就業時間が迫っていたのだ。ケンジは空の食器を載せた盆を持って、私を振り返った。

「今日は忙しいから、おやつ持って来れないよ」

洗面所とトイレが廊下にあることを知っていた私は、慌てて言った。

「おじさん、トイレ行っていい」

廊下に出られさえすれば、ヤタベさんに会えるかもしれない。しかし、ケンジはその望みを簡単に打ち砕いた。破れた襖《ふすま》を開けて、押入れから幼児用の便器を取り出したのだ。アヒルの形をしたプラスチック製の便器。ちらりと見えた押入れの中には、衣類や段ボール箱が乱雑に入っていた。

「これ使いな」

「外でしたい」

「駄目だよ」

駄目だよ、の言葉と共にケンジの目がしんと据わったので、私はしつこく言うのを諦《あきら》めた。ケンジは「駄目だよ」を警告として使っていた。ケンジはずる賢い、と書いたが、ケンジは同時に巧妙でもあった。まず、泣く私を殴り付けて抵抗の意志を奪っておいて、私が逆らう時には、その時の言葉で威嚇《いかく》するのだ。

ケンジが電気を消して出て行く寸前に、便器がすでに何度か使用され、汚れているのが見えた。私はその形跡に、漠然とした不安を感じたのだった。誰かが使ったということは、私の前に囚われていた子供がいたのではないか、ということ。ケンジが私を扱う時の慣れた様子。さらった時の巧妙な手口。私は何人目かの犠牲者なのではないか、と疑念が湧《わ》いた。前にいた子供はどうなったのだろう。その子の名前が「みっちゃん」かもしれない。その考えは真っ暗闇の部屋に再び閉じ込められたことで大きく膨らみ、新しい恐怖となって私をがんじがらめにした。

ケンジの足音が消えてしばらく経つと、また操業が始まった。轟音と部屋の共鳴。今度は便器も一緒に震える。私はケンジの汗臭い布団にくるまり、今にケンジに殺される、押入れの中の段ボール箱に何かが入っている、という二重の恐怖に怯えて、午後の長い時間を一人で過ごした。この日のことは、一生忘れることができない。

しかし、たったひとつだけ、恐怖に打ち勝つ希望が生まれていた。ヤタベさんという男の存在だった。ヤタベさんが私をいつか救出してくれる。私はその希望に縋《すが》り付いてせっせと肥料を与え続けた。希望は次第に大きくなった。一年に及ぶ監禁生活の中で、ヤタベさんは必ずやって来る救世主であり、私の憧れ、いや信仰の対象にすらなったのだった。私は毎晩、寝る前に祈ったものだ。

「神様、ヤタベ様。早く私を助け出してください。おうちに帰してください。おうちに帰ったら、いい子にしますから」

しかし、ケンジの部屋にヤタベさんが姿を現すことは全くなかった。朝、部屋を出て行く時にドアを閉める音、バタバタと廊下を歩く足音、しわぶき。ヤタベさんは音だけの存在だった。逆に、それが私の信仰を深めたのだった。

私は、ヤタベさんの物音がしないかと常に耳をそばだてていた。音を聞かない日でも、同じ建物の同じ階で、同じ空気を吸って生きていることに感謝さえした。いつの日か、必ず、ヤタべさんは衰弱した私を発見し、可哀相《かわいそう》に、と抱き上げてから、ケンジに向き直り、怖ろしい形相で殴りかかるに違いない、と想像した。

『お前はいたいけな子供に何てことをしたんだ。恥を知れ』

ヤタべさんは、その後、激しい後悔に暮れ、私に泣きながら謝るのだ。

『隣りにいながら気付かなかったなんて。ごめんね。ほんとにごめんね』

想像の中でのヤタべさんの姿形は、クラスメートの男子の父親に少し似ていた。確か、米田という名だったと記憶している。米田の父親は、電子部品の工場に勤めていたが、糖尿病が進み、視力が落ちたとかで工場を辞めてしまったのだった。米田の父親は、暗い顔付きで公園のベンチに座り、目を眇《すが》めて新聞を読んだり、煙草《たばこ》を吹かしたりしてぼんやりしていた。団地に昼間からいる大人の男は珍しかったから、私は表に出る度、米田の父親がいないかと目で探したものだ。すると、隅のベンチにいる父親と目が合う。米田の父親は、私を認めても笑いかけもせず、じっと私の顔を見つめた。そのことが心を騒がせ、私は米田の父親をいつも意識していたのだった。だから、ヤタべさんが助けに来る図、という想像は、私にとって甘美でもあった。ケンジの部屋にいる間、私はそのことばかり考えて過ごしていた。

一年余の監禁生活を、人は信じられないと言う。何をして過ごしていたの。寒い冬は、暑い夏は、お風呂は、トイレは、どうしていたの。刑事からも、親からも何度も聞かれた質問だった。だが、私が恐怖に怯え、萎縮《いしゅく》していたのは最初の一カ月だけだった。後は環境に慣れて、就業中は絶対に戻ってこないケンジのいない間、眠ったり想像したりして時間をやり過ごしていたのだ。真夏は、ケンジがエアコンを付けてくれたし、冬は禁じられていたにも拘わらず、勝手に暖房を点けて暖を取った。監禁生活とは、耐え生活とは違う。生活のリズムさえ作れば、何とか堪えられるものでもあるのだ。

話を元に戻そう。仕事を終えて部屋に帰って来たケンジと私が、夜をどう過ごしていたか、ということだ。

「みゃーお。みっちゃん、ただいまー」

仕事を終えたケンジは夕食の盆を携え、嬉々《きき》として部屋のドアを開けるのだった。たまさか残業もあったが、割合規則正しく五時半頃には仕事を上がり、部屋に戻って来た。なぜ私に時間がわかったかと言うと、工場の近くに小学校があるらしく、夕方五時ちょうどに「夕焼小焼」のメロディがゆったりと流れるからだった。

『からすといっしょに
　かえりましょう』
私の小学校も同じ曲を流していた。初めて聞いた時は涙が出て止まらなかったものだが、次の日から私はもう泣かなかった。ともかく、ケンジの機嫌を損ねないようにして、ヤタベさんの救出を待つしか家へ帰る方法はない、との結論に達したのだ。
　この時の思考は、ひどく実際的で、現実には有効だった。十歳の女児の思考が幼い、と考えるのは間違いである。子供は大人に命令されることに慣れているし、言うことを聞いているうちは安全だ、ということも体で知っている。大人と戦おうとする発想など、子供の私には露ほどもなかった。
「みっちゃん、今日は何してたの。宿題した？」
　私は夜になると子供に豹変《ひようへん》するケンジの薄気味悪さに堪えられず、最初の頃は、顔を上げることもできなかった。そして、昼間の不潔なケンジが触る物すべてが嫌で堪らなかった。私はケンジの肉体よりも、性器を摑んだ手を嫌悪していたのだ。
　しかし、工場での仕事を終えたケンジは、顔も体も洗って来るのか、全身から洗濯石鹼《せつけん》のような匂いを立てており、清潔に見えた。仕事の終わりに、機械油を落とすために石鹼で洗うんだ、その石鹼って、濡れた砂みたいなんだよ、とケンジは語っていたが、そんなのは嘘で、きっとヤタベさんが清潔にするようにとケンジを厳しく諫《いさ》めているのだ、私はそう信じていた。ケンジを嫌えば嫌うほど、ヤタベさんが崇高になる。それほど私はヤタベさんを偶像視していた。

「みゃーお、みゃーお。お腹空いちゃったよ」

ケンジはテーブルの上に食事の盆を置いて私を誘った。昼食はいつも麺類やチャーハンの類《たぐい》で、夕食は肉か魚のおかず一品に味噌汁《みそしる》だけ、という粗末な食事だった。ケンジは、近所に住む社長の奥さんが作って工場に持って来てくれるのだと、満足げに言った。料理の味付けは濃く、食べ終えた後は決まって喉が渇いたが、ケンジは旨《うま》そうに食べた。私はいつの間にか薬缶から直接水を飲むことに躊躇《ちゅうちょ》しなくなっていた。

「ヤタベさんは」

「機械の前でスポーツ新聞読みながら食べてた。巨人が勝ったんで喜んでた」

「どこに勝ったの」

「阪神かな。よく知らない」

ケンジは関心がないのか、首を傾げた。

「ヤタベさんのお部屋って二階にあるんでしょう。何時に、お部屋に戻って来るのかな」

「どうしてみっちゃんはヤタべさんのことばっかり聞くの」

ケンジは不満そうに唇を尖らせた。目に猜疑心《さいぎしん》が去来するのが、私にもわかった。そんな時は、私はケンジを大人の男と思わず、同級生として反撃することにしていた。夜のケンジが、その方を好むことに気付いたからだった。ケンジは、気の強い同級生の女の子にやり込められる男子、という役回りを好んだ。

「何でヤタべさんのこと、聞いちゃ悪いの」

「別に悪くないよ」

「悪くないなら、そういう言い方変じゃない。謝ってよ」

ケンジは私の同級生の男子よりも言葉を持っていなかった。私が問い詰めると、必ず素直に謝った。十歳の女児が大の男をやり込めるなんて信じられない、と言う人もいるかもしれない。だが、これは事実だ。夜のケンジはそういう力関係を望んだのだ。

「みっちゃん、今日何してたの」

旗色が悪いと見て、ケンジは話を変えた。

「寝てた。寝るしかないもん」

「宿題しようよ。ランドセルは」

部屋を見回して、ケンジは怪訝《けげん》な顔をした。

「あるわけないじゃん。だって、あたしはバレエの帰りにあんたに誘拐されたんだもん」

ケンジは誘拐のことには触れず、バレエの稽古バッグを探った。そして取り出した黒いレオタードに鼻をつまんだ。

「汗臭ーい」

この時の私の怒りは本物だった。

「あんたが連れて来たからでしょう。あたしはおうちに帰りたいのに」

私の目に悔し涙が浮かんだので、ケンジはうろたえた。

「ごめんね、みっちゃん。だって、友達が欲しかったんだもん」

確かに、夜のケンジにとって、私は友達だった。昼間のケンジが自分勝手で性的なのに対し、夜のケンジは私と同年齢の少年のように子供っぽく振る舞いたがったのだ。夜のケンジは私に悪さをしないし、昼間のケンジよりは清潔だったから、私は次第に夜のケンジにだけは慣れていった。夜のケンジがいなかったら、私の監禁生活はさぞかし怖ろしいものになっただろう。

奇妙なのは、夜の自分は昼間の自分の罪滅ぼしだ、とケンジ自身が考えていることだった。つまり、ごく普通の大人の男である昼間のケンジが本当のケンジで、夜のケンジは昼間の自分を嫌うあまり、子供の芝居をしているということらしかった。と同時に、酷い目に遭わせている私への慰撫《いぶ》と償いの気持ちもあったと思う。だからこそ、夜のケンジは私の機嫌を取ったり、優しくしていたのだ。

だが、私は豹変するケンジが不思議で、夜のケンジに聞いたことがあった。

「ケンジくんはどうして工場に行くと、怖いおじさんになって、あたしに嫌らしいことをするの」

ケンジはしばらく考えてから答えた。

「工場では大人でなくちゃならないから」

「大人だったら嫌らしいことをするの」

「嫌らしいことを考えるから大人なんだよ」

「だったら、本当のケンジくんは嫌らしいんだから、小学校四年生じゃないよ。本当は大人のおじさんじゃない」

ケンジはテーブルに頬杖《ほおづえ》を突いて考えていた。眠いのか、半眼朦朧《もうろう》としているケンジは、醜いカエルのように見えた。

「そうかな。僕は体は大人だけど、みっちゃんと同じクラスに入りたいんだよ。僕、もう一度小学生になって、みっちゃんみたいな女の子に仲良くされたいの。だから、大人でいる僕が嘘なんだよ」

現在の私は、この時のケンジの言葉を信じない。ケンジは意図的に使い分けていたと思う。夜のケンジが私を誘拐したのであり、「駄目だよ」と激しく殴ったのも、夜のケンジだったからである。罪滅ぼしというより、昼間のケンジを正当化し、昼間のケンジの欲望を開く案内役として、夜のケンジが存在していたのだ。

夜のケンジが私を慰撫しようとしたことは書いた。だから、ケンジは退屈する私に様々な遊びを仕掛けた。猫の鳴き声を真似っこしようよ、と言ったことがある。私が乗らないのを見て取り、ケンジはいきなり立ち上がって朗々と歌いだした。

『あたらしいあさがきた　きぼうのあさだ
よろこびにむねをひらけ　おおぞらあおげ』

そして、「ラジオ体操第一」と語尾を長く引き伸ばして言い、いちにいさんしいと体操を始めた。私は可笑《おか》しくて涙を流して笑い転げた。私が笑うと、ケンジは「僕、可笑しい？　みっちゃん、僕、可笑しい？」と言って喜んだ。

だからと言って、私が、犯人と人質が連帯意識を持つようになる「ストックホルム症候群」に陥っていたとは思わない。私はケンジと運命共同体ではなかったし、昼のケンジが存在する限り、絶対に許すことのできない人間だった。ではケンジだけなら許したかと言われれば、更に許せないと答える。なぜなら、ケンジは欲望のために拉致した私を子供の部分で慰撫しなければ、と考えている聡い人間だったのだ。

日記を書いて交換しよう、と言いだしたのもケンジだった。私は稽古バッグに突っ込んであった一冊のマンガを、バイブルのごとく毎日読んでいたので本はぼろぼろになり、セリフを最初から最後まで一言一句諳《そら》んじられるほどだったから、私はケンジの提案を承知した。テレビもマンガも本も、学校に行くのも急に封じられたために、私は知的欲求に飢えていたのだった。字を書きたくもあった。

「漢字を間違えたらバツ付けようよ」

ケンジは身を竦《すく》め、迷う顔をした。

「僕、かんじ書けないよ」

「全然書けないの」

私の軽蔑《けいべつ》的な言い方に、ケンジは傷付いた顔をした。

「あまり書けない。だって僕、小学校三年までしか学校に行ってないから」

私は唖然としてケンジを見た。登校拒否児童が増えている現在ならば、珍しくはないかもしれない。が、当時は私の周囲に小学校も出ていない大人はほとんど見当たらなかったせいだった。なぜ学校に行かなくて済んだのか、子供の私には想像もできなかった。

「なんで行かなかったの」

「お父さんが死んで、お母さんが僕を置いてどこかに行っちゃったからだよ」

ケンジは、北海道の施設で育った、と私に生い立ちを語った。その施設は山の中にあって、冬は雪が深いので小学校に通うのがだんだんと面倒になり、行くのをやめてしまったという話だった。

「小学校って誰もが行かなくちゃいけないのよ。雪くらいで何よ」

「そうだけど」

ケンジは言葉を濁したが、私は意地悪く言った。

「ケンジくんて怠け者なんだよ」

私の直感は正しかったのではないだろうか。家庭の事情で小学校に行けなかったから、果たせぬ夢を小学校四年の私と仲良くすることで解消した、というのは、ケンジが自分を正当化するために捏造《ねつぞう》した神話なのだ。ケンジはむしろ、自己の欲望と果たせなかった夢をうまく結合させて女の子を監禁する理由としたのかもしれない。そして、その理由を自分の状況に合わせて使い分けた。ある時は欲望を遂げる酷薄な大人の男として、またある時は童心の男として。

ケンジの子供時代が経済的に恵まれていなかったという事実は裁判中に明らかになった。ケンジは小学校三年で初等教育を中断している。その後、一切教育を受けていない。しかし、ケンジ自身がそのことに空虚を、あるいは焦燥を感じていたかどうかは誰にもわからない。実はケンジは、無意識か意識的かは別として、事実を結合させたり、すり替えたりして利用することに長けていたのだ。その最高傑作が、昼のケンジと夜のケンジの変化ではなかったか。

ケンジが求めていたのは、自分だけの相手だった。自分が性的にも親しくなれる「可愛い小さな者」でしかなかったのだ。最初は猫や犬や小鳥でも良かった。だが、動物では性的にも興奮しないし、喋《しゃべ》らないからつまらない。次なる目標は小さな女の子だった。そのためには、あらゆる嘘を吐き、矛盾した存在となっても平気だった。

「じゃ、ケンジくんから書きなよ」

昼のケンジには圧倒的に支配されている私は、夜のケンジを苦しめ、恥を掻《か》かせることで何とか精神の均衡を保つことができた。

「言いだした人が先に書くんだよ」

私がきつく言うと、ケンジは自信がなさそうに周囲を見回した。

「何に書けばいいの」

「あんた、ノートくらい持ってないの？」

翌日、ケンジは大学ノートを一冊持って帰って来た。誰かに貰《もら》ったらしく、薄汚れた使いかけで、使った部分はカッターで乱暴に切り取ってあった。

「日記は全部、正直に書かなきゃいけないんだよ。嘘を書いたら駄目よ」

私は教師になった気分でケンジに言い渡した。まずケンジが鉛筆を舐《な》めながら、書いて私に手渡した。平仮名だらけの幼稚な文章だった。

「ぼくはみっちゃんがきてからまい日たのしいとおもいます。ひるま、工ばでヤタベさんに心おし台がきたないとなぐられたり、しゃちょうにどやされたりしても、ぼくにはみっちゃんがいる、と思うからいいです。しゃちょうはぼくにいつもぞうきんをなげてきます。おまえのとろいかおを見るとあたまにくるんだよ、といったりするので、そういうとき、ぼくもちょっとあたまにきます。工ばに火をつけてやろうかとおもったこともあります。でも、いまはみっちゃんのことをかんがえるので、ぼくはひるまみっちゃんのことしか、かんがえられなくなるみたいです」

この夜、ノートを手に入れたことが、監禁生活の大きな転換点となったのだった。私が監禁されて一年近い日が経っていた。あるいは一年以上が。

翌朝、ケンジが工場に入ったのを音で確認して、私は部屋の明かりを点け、電気ストーブのスイッチを入れた。ケンジに電気を使うことは固く禁じられていたが、ケンジがドアを閉める前に、ブレーカーを落として電気を切っているところを目撃してからは、テーブルに乗ってブレーカーを押し上げていたのだった。そうでもしないと退屈で仕方がなかったし、冬は寒さに堪えられなかった。そして、昼休みにケンジが戻って来る前に再びブレーカーを落として、私は暗闇の中、ベッドに横たわって知らん顔をしていた。夏は、ケンジ自身が堪え切れなくなって、エアコンを買って来て、取り付けてくれたので、一日中付けっ放しにしていた。

監禁生活を続けるうちに、私は次第に大胆になっていた。工場の轟音にも慣れ、音が聞こえない静かな日曜日は逆に変な気さえした。人間はどんな過酷な環境に置かれても、それなりに対処できるようになる。十歳の子供であろうと同じだ。いや、私が十歳だからこそ適応できたのかもしれない。大人ならば、相手の心を読み、起き得る出来事を予想する。が、それはすでに適応ではない。

昼のケンジが帰って来ても、私はさほど怖ろしいと感じなくなっていた。最初の日以来、言う通りにしてさえいれば、滅多に拳を上げることもなかったし、昼のケンジは不潔で嫌らしくてもその行動は決まっており、部屋にいるのも短時間だったからだ。ケンジにとって、女児が交わる対象でなかったことも幸いした。私は昼食が終わると自らさっさとベッドに横になり、服を脱いで事が終わるのを待っていた。ケンジが自慰をする間はしっかり目を閉じ、何も見ないようにしていたから平気だった。ケンジがズボンのジッパーを上げた途端に私は起き上がって、服を身に着けたものである。私は、自分の何が、ケンジの性器をあんなに変えてしまうのか、よくわかっていなかったのだ。だが、今になって理解できることがひとつある。ケンジは、最も個人的なことを私に晒け出していた、という事実だ。それが真のパートナーに対する態度であることは確かだが、悲しいほど、一方通行の関係であることも間違いない。ケンジがそのことに悲しみを感じていたことも。

ケンジのいない昼間の明るく暖かな室内は、私の自由な空間でもあった。窓もドアも封じられ、外の天気はおろかひと筋の光も入らないのに、それでも昼間は心が躍った。私はテーブルの上にノートを広げ、日記を書いた。

「私は日記を書く前に、ケンジくんにしつ問があります。

第一のしつ問、ケンジくんはどうして私を、みっちゃんとよぶのですか？　私の本当の名前はちがうのに、ケンジくんは会った時から私をみっちゃんとよぶので気持ちがよくないです。理由を説明してください。そして、私の本当の名前を呼ぶようにしてください。私の本当の名前は、北村景子です。

第二のしつ問、ケンジくんはどうして昼間帰って来ると、ちがう人になっているのですか？　自分が変わってしまうことが気持ち悪くないのですか？

第三のしつ問、私はいつおうちに帰れるのですか？　私もケンジくんみたいに学校に行かなくなってしまってもいいと思っているのですか？」

私はふと思い付いて、ノートの紙を一枚破り、そして、そこに住所と電話番号を書いて、こう綴《つづ》った。

「助けてください。私は、M市立新町小学校四年の北村景子です。私はゆうかいされました。お父さんとお母さんに連らくしてください。お願いします」

この手紙を、ヤタべさんが部屋の前を通る時にドアの下から差し出したらどうだろう。ヤタべさんが工場に行くのは、いつもケンジより少し先だから難しいが、チャンスがあったら手紙を出すべきだ。私は手紙を小さく折り畳み、ベッドの底板とマットレスの間に入れた。すると何となく興奮してきて、私は押入れの段ボール箱の中を確かめたくなった。恐怖の源だった段ボール箱だが、ケンジを怖ろしいと思わなくなるにつれ、それも恐怖の対象外となり、やがて存在も忘れかけていた。

私は上に載っているケンジの脂臭いセーターやシャツを除《よ》けて、みかん箱ほどの大きさの段ボール箱を引きずり出した。中を覗いた私は、息を呑《の》んだ。赤いランドセルが入っていたのだ。私は恐る恐るランドセルの蓋《ふた》を開けた。二年生の国語と算数の教科書。ノートとピンクの下敷き、赤い筆箱が入っていた。筆箱の中はシャーペンと消しゴム、赤鉛筆とＨＢの鉛筆が数本。ノートに書いてある名前は「二年二組　おおたみちこ」だった。

やっぱり、みっちゃんがいた。みっちゃんはどこに行ったのだろうか。他にみっちゃんの物があるかもしれないと私は押入れの隅を眺めたが、ランドセル以外見当たらなかった。私は教科書を開いてみた。二年生の教科書だから、平仮名が多くてつまらなかったけれども、私は懐《なつ》かしくてならなかった。ページの端っこのいたずら描き。計算。ああ、勉強したい、学校に行きたい、前と同じように家から学校に通いたい、と涙がこみ上げてきた。それは私がランドセルの持ち主同様、もしかするとこの世からいなくなるかもしれないと心底から戦いたせいだった。私は、本物のみっちゃんがすでに死んでしまった、それもケンジが殺したのだ、と確信した。

私はケンジがまた怖ろしくなった。急いで段ボール箱を押入れに戻した後、ノートに書いた質問が心配になった。子供ながらに、余計なことを書いてケンジを刺激してはならないと考えたのだ。だが、消しゴムがない。私はランドセルの中の筆箱から借用しようと思い立った。工場の機械が止まった。私は慌てて電気ストーブを消してからブレーカーを落とし、ベッドに飛び乗った。ドアの鍵を開ける音がした。

「みっちゃん、昼飯」

昼間のケンジがドアを開けて言った。ケンジはもう「お昼ご飯でちゅよー」などと言わなかった。猫を飼い始めた頃は面白がってさんざん可愛がっても、猫の存在が当たり前になれば、特別なことも言わないし、しなくなる。昼のケンジは私に対しても、街を闊歩している、ごく普通の若い男のようにぶっきらぼうで無作法だった。

「あー、疲れた。畜生」

ケンジの全身から、苛立ちが感じられた。工場で嫌なことがあったに違いない、と私は緊張した。時々、こういうことはあったが、この日ばかりはケンジの怒った肩や据わった眼から、不穏な気配が漂っていた。私は身を竦めて、ケンジから盆を受け取った。脂でべとつくチャーハンと、ネギの浮いた茶色いスープが載っていた。ケンジが不機嫌に黙っているので、チャーハンの中に入っているどぎついピンクの蒲鉾《かまぼこ》の数を、私はいち、にい、と数えた。

「この部屋暑くないか」

ケンジはストーブをちらりと見た。消したばかりだったから、触ったらまだ熱いことがばれるだろう。私は緊張したが、ケンジは確かめようとせずに作業服のジャンパーを脱いだ。下は襟のだれた白のTシャツだった。

ケンジは何も言わず、いきなり片手で碗を持ち、スープを啜った。食べるように勧めてもくれなかったので、私はテーブルの横で足を抱えて座り、日記を爪先《つまさき》でそっとベッドの下に押しやった。昼のケンジに見られたら、私も本物のみっちゃんのように殺される、というはっきりした恐怖があった。

私はケンジの手を見つめた。スプーンを忙《せわ》しなく動かして、チャーハンを口に運ぶごつい手。甲の部分に血の滲《にじ》んだ傷があった。工場でどんな仕事をしているのか、ケンジの両手は始終、生傷が絶えなかったのだ。みっちゃんはどうやって殺されたのだろう。この手で頸《くび》を絞められたのかしら。それとも日記に書いてあったみたいに、火を点けられたのだろうか。ケンジの書いた日記の一節がこんな時に脳裏に浮かび、私は恐怖で口の中がからからになった。

「俺、頭来た」ケンジは、スプーンでデコラ張りのテーブルを叩いた。「俺が電気使い過ぎるって、社長がぼこぼこ殴るんだよ。使ってないって言ってるのに、お前はよー、ケンジよー、馬鹿だからよー、叩いたら少し良くなるんでねえの、とか言ってさあ。バット持ってくるんだもん、堪んないさ。みっちゃん、俺のいない間、真っ暗にして待ってるもんねえ。使う訳ないよねえ。夏はしょうもないけどさあ」

うん、と私は大きく頷いたが、冷や汗を掻いていた。私がブレーカーを上げて電気を使っているから、ケンジは社長から注意されたのだ。私は黙ってベッドに座った。

ケンジの北海道訛《なま》りの呪詛《じゅそ》は続いた。

「俺のこと馬鹿だ、馬鹿だって言うけど、俺がみっちゃんと交換日記やってるって知ったらどうすんだべ」

ケンジがスプーンを放り出して笑ったので、私はスプーンを拾ってまだ皿に残っているチャーハンを急いで食べた。朝食を食べさせて貰えないため、空腹だったのだ。

ケンジが工場で自分だけ朝食を食べていると私が知ったのは、解放された後だった。工場で働くケンジとヤタベさんには、社長の妻が毎回給食していたのだ。朝食はコッペパンと牛乳、ゆで卵という簡素なものだったらしいが、ケンジはその食事を私には運んで来ずに一人で食べていた。昼食も下で半分近く食べてから部屋に運んで来ることもあったらしい。私はそのことを後で聞いて、憎悪《ぞうお》を募らせたものである。私にとっての苦しみは、いきなり拉致された恐怖が治まると、今度は空腹と、娯楽のないことだったのだ。

その時、監禁生活の中で初めての事態が起きた。突然、ドアが外からノックされたのだ。それもドンドンという大きな音だった。私は驚いて口からぽろぽろと乾いた飯をこぼれさせた。ケンジは私の頭を摑んでベッドに押し付け、「はい」と返事した。ケンジの返事など聞こえないかのように、ノックは続く。警察が来たのか。私の心臓は喜びで跳ね上がった。ケンジは急いでドアを開け、慌てて外に出た。警察ではないらしいが、ヤタベさんがいる。私はドアに向かって大声で怒鳴った。

「ヤタベさん、助けてください」

駆け寄って内側からドアも叩いた。こうすれば、外にいるヤタベさんに私のいることを気付いて貰えると思ったからだ。だが、何も起こらなかった。怒りに身を震わせるケンジが入って来るなり、私の頭を拳で殴った。ごちんと音がして、私はどうっと畳の上に倒れた。悲鳴を上げたのは、衝撃が治まってから後だった。ケンジは両腕で防ごうとする私の頭を拳で何度か殴り付け、同じ言葉を発していた。駄目だよ、駄目だよ。

「もうしないから許して」

泣いて謝る私に、ケンジは肩で荒い息を吐きながら聞いた。

「ほんとにしないか。大声も出さないか」

「しない。絶対しない」

どうしてヤタベさんに私の声や悲鳴が届かなかったのだろう。私が不思議そうな顔をしたせいか、ケンジは初めて意地悪な顔で笑った。

「ヤタベのオヤジは耳が聞こえないんだよ」

私が神様のように崇《あが》め、唯一の希望だと日夜思い続けていたヤタベさんは、耳の聞こえない人だった。神様は、私の助けを聞き入れてはくださらなかったのだ。

その日の午後、私はケンジに殴られて瘤《こぶ》の出来た頭を抱え、ベッドで啜り泣いて過ごした。深い絶望感が私を挫《くじ》けさせていた。私も本物のみっちゃんのように殺され、私の稽古バッグやレオタードが記念品として押入れの箱に仕舞われる。その考えが頭を去らなかった。

工場からは、相変わらず耳をつんざく轟音が聞こえていた。ヤタベさんは、喧《やかま》しい工場の仕事をし過ぎて耳が遠くなったのかもしれない、と私は考えた。だとしたら、私もこんな部屋に監禁されているのだから、今に耳が遠くなるかもしれない。一年以上、外の光を見たことがないので、視力も衰えたことだろう。私はふと、洞窟《どうくつ》内の湖に棲む魚は色素もなく、目も退化して無い、という理科の先生の話を思い出して身震いした。

学校にも行ってないのだから馬鹿になったに違いないし、狭い部屋に閉じ籠《こ》められて運動もしていない。タオルで体を拭くだけで、お風呂にも入れないので不潔この上ない。耳許で切り揃えてあった髪は肩まで伸びて方々に跳ね、爪は歯で齧り取るのでいつもぎざぎざだった。ケンジの部屋には鏡がない。私は自分がどんな姿をしているのかわからなかったが、獣のような生活をしていることだけは間違いなかった。

何とか生き延びて両親に会いたい、という強い望みはあったものの、その時の私は諦めに覆われていた。たとえ、助かったところで、両親は私の姿を見て幻滅するのではないだろうか。私は、酔った父を見て眉を顰《ひそ》める母の表情を思い浮かべた。後に、私はその想像が当たっていなくもなかったことを知るのだが。

ケンジだってそうだ、と私は思った。ケンジは、猫や二年生のみっちゃんに飽きたみたいに、四年生の私にも飽きて、もっと年上の女の人を誘拐するかもしれない。いずれ、私は殺されて捨てられる。

私は、ケンジが成長したがっていることを無意識に考えていたのだ。二年生の「おおたみちこ」が「みっちゃん」という名だけを残して消えたように、私も「二代目みっちゃん」として消滅し、次に六年生の三代目、そして中学生、高校生、大人の女の人へと、ケンジは少しずつ対象年齢を上げていくのではないだろうか。私はその疑いを消すことができなかった。後に、裁判でケンジは「幼児愛好者」ではないかと疑われた。しかし、ケンジは単なる幼児愛好者でもなければ、馬鹿でもなかった。自分の好きなものと、好きなものを手に入れる方法を知っている利口な男だった。

その夜、ケンジはなかなか部屋に戻って来なかった。工場はとっくに終わっていたから、珍しく外出したらしかった。私に別の考えが生まれた。ケンジは、本物のみっちゃんを飽きて殺したのではなく、みっちゃんが逃げようとしたので殺したのではないか。だとしたら、私も今夜殺される。ヤタベさんに向かって叫んだのだから。

私は怖ろしさで震えた。どんなに恐《こわ》くても逃げることができない状態を経験した人間は、死に焦《こ》がれるようになる。たった十一歳になったばかりの私だったが、自分の身に死が訪れるようにひたすら願った。死は苦しくても苦しくなくてもどちらでも良かった。一人で恐怖を味わって辛《つら》く生き長らえるよりは、死の方がましだった。それほど私の絶望は大きかった。

八時過ぎ、ケンジはやっと帰って来た。酒の臭いをさせて赤い顔をしていた。不機嫌は変わらず、「みゃーお」という恒例の挨拶もしなかったし、私のために夕食の盆を持って来てはくれなかった。その夜のケンジは、怒った昼のケンジを少し引きずっていたのだ。私は布団をしっかり体に巻き付け、ケンジに殴られないよう頭を抱え、黙って壁際を向いていた。

「お腹空いたでしょう」ケンジは私の顔を覗き込んだ。昼間のことを蒸し返している口調だったが、心配している風でもあった。「可哀相だけど、みっちゃんは悪いことをしたんだから仕方ないよ」

ケンジは菓子パンらしき紙包みをごそごそとテーブルの上に置いた。部屋にメロンパンの甘い香りが漂った。途端に腹が鳴ったが、私は素知らぬ振りを続けた。取りつく島がないのか、ケンジは床に落ちている日記帳を拾って読み始めた。私はすでに緊張の極に達して、逆に弛緩《しかん》していた。眠くなっていたのだ。私がうとうとしている間、ケンジは返事を書いていたらしい。

夜半、私は目を覚ました。電気が皓々《こうこう》と点いており、畳の上に仰臥《ぎょうが》したケンジが熟睡していた。私は菓子パンの袋を開け、メロンパンを貪《むさぼ》るように食べた。売れ残りらしく固かったが甘くて美味《おい》しかった。私はこぼしたパン屑まで舐め取り、テーブルの上に投げ出された日記帳を読んだ。

きょうはごめんね。ぼくはみっちゃんがぼくをうらぎったのだとおもって、あたまにきました。ぶったりして悪かったとおもいます。もうしないから、ぼくはもっとみっちゃんにやさしくします。みっちゃんがここから出たいとおもわないように食べものももってきます。マンガもぬすんできます。みっちゃんもぼくにやさしくしてください。

みっちゃんのしつもんだけど、うしろのほうからこたえます。みっちゃんはぼくと一しょにくらしているんだから、おうちの人にはもうあえません。あきらめてください。

だい一のしつもんは、みっちゃんに本とうの名まえがあっても、ぼくのすきな女の人はみんなみっちゃんとよびたいので、みっちゃんです。

なん年かまえに、ぼくと一しょにすんでいた女の人もみっちゃんという名まえでした。みっちゃんは、おうちからはなれたのがかなしいと泣いてばかりでした。みっちゃんはごはんもたべなかったので、とうとうびょう気で死んでしまいました。ぼくはなん日もなみだが出てねむれませんでした。工ばでも、いねむりばかりしているから、しゃちょうにどやされていました。しゃちょうはとてもいばっていて、はげでいやな人です。おくさんにもヤタべさんにもどなります。だけど、工ばをくびになったら、ぼくはいくところがないからがまんしています。

みっちゃんがぼくからはなれていったら、ぼくはまたねむれなくなります。そしたら、くびになります。ぼくはどこにもいくところがありません。おねがいだからいかないでください。

不思議な返答だった。なぜ、ケンジが最後の質問から答えたのか、私にはさっぱりわからなかった。答えが明確だったからだろうか。第二の質問に対する答えもない。かように、ケンジは巧妙で、頭が悪い訳ではないのだ。しかし、私が心底怖ろしいと思ったのは、「みっちゃん」と呼ばれた女の子がこの部屋にいて、病気で死んだという事実だった。

「おおたみちこ」は本当に病気で死んだのだろうか。私は皺くちゃの布団の載ったベッドを眺めた。この部屋で一人で死んだ小学校二年生の女の子が哀れだったが、その姿は自分と重なり合った。私だってそうならないとは限らないのだ。ケンジに「いかないでください」と懇願されても、ここを出て行きようがないのだから、どうしようもないではないか。急に私は、ケンジの矛盾が、身勝手が、許せなくなった。

昼間、ベッドのマットレスと底板の間に、ヤタベさんへの手紙を隠したことを思い出し、私は音を立てないように引き出した。今なら、ドアの隙間から外の廊下に置けるかもしれない。そうしたら、ケンジよりも早く工場に出るヤタベさんの目に留まるだろう。ヤタベさんは耳が聞こえないのだから、読んで貰うしかない。私はノートの切れ端に書いた手紙を、ドアの隙間から何とか表に押し出すのに成功した。もし、ヤタベさんが気付かずに通り過ぎたら、ケンジが発見して、また私を殴るだろう。今度は殺されるかもしれない。本物のみっちゃんのように寝付いて病気になるかもしれない。一か八かの賭《か》けに、私の心臓は激しく高鳴った。

「みっちゃん？」

突然、寝ていたはずのケンジが鼻を詰まらせた声で聞いた。私は凍り付きながらも、何食わぬ顔で向き直った。ケンジが上体を起こして、目を擦《こす》っていた。作業ズボンの前がだらしなく開いていた。

「今、玄関で何してたの」

「お水飲もうと思って」

私は上がり框《かまち》に置かれた汚い薬缶を指さした。ケンジは不審な面持ちになったが、関係のないことを言った。

「お酒飲むと気持ち悪くなるね。僕、気分が悪い」

「子供はお酒なんか飲んじゃ駄目なんだよ」

私に叱《しか》られたケンジは、嬉しそうに笑った。私がケンジを許したと思ったのだろう。

「そうだよね。僕、もう飲まないよ」

私は日記帳を掲げた。

「ケンジくん、ありがとう。これに明日、返事書くね」

ケンジは照れ臭い表情をした。私たちはいつもの通りベッドに横たわったが、ケンジが今の行為を見ていたのではないかという懸念《けねん》から逃れることはできず、私の体は強張《こわば》っていた。ケンジは私が寝入ってから、私が何をしていたかを隈《くま》なく調べるだろう。手紙を見付けたら、今夜中に私を殺すかもしれない。私は横で酒臭い息を吐いているケンジが怪物のように思えたのでできるだけ体を離したのだが、ケンジは私に囁いた。

「みっちゃん、好きだよ。僕、早く大人になるから」

「ケンジくんは大人だよ」

私の小さな抗議に、ケンジはかぶりを振った。

「僕はみっちゃんと同じ小学校四年生だよ。一緒に大人になろう」

私は答えなかった。昼のケンジがいる以上、ケンジは大人の男なのだ。なぜ、そのことを認めないのだ。すると、ケンジが天井を仰いで溜息を吐いた。

「今日、ヤタベさんの送別会だったんだよ。ヤタベさん、社長と喧嘩《けんか》して辞めたんだよ。だから、僕ヤタベさんと一緒にお酒飲んだ」

「ヤタベさんは、もうここにはいないの？」

ケンジは頷いた。私はさっきの手紙を取り戻したかったが、もう遅かった。私は心配で一睡もできなかった。ケンジも何か悩んでいるらしく、苦しそうな寝返りを何度も打っていた。

長い夜が明けた。ケンジはベッドでぐずぐずする私を置いて、さっさと身支度した。部屋を出る時、振り返りざま私に言った。

「みっちゃん、電気点けておくから、日記の返事書いて。昼休みに読みたい」

「いいよ」

私は布団を被ったまま返事をした。あれを廊下に出たケンジが見付ける。そして、部屋に戻って来て私を殺す。胴震いが止まらなかった。しかし、何も起きなかった。もしかすると、手紙は風に吹かれてどこかに飛んで行ったのかもしれない。私は楽天的に考え始めた。注意深く耳を澄ますと、廊下ではいつも微《かす》かな風の音が聞こえるのだ。私はやっと起き上がり、電気ストーブを点けてから日記帳を開いた。

「ケンジくん、前のみっちゃんのことを書きます。私は、その子がかわいそうです。もし、ケンジくんが私みたいにその子を誘かいしたのだったら、私はケンジくんを許さないと思います。ケンジくんは最低の人です。女の子は、猫や犬じゃありません。おもちゃでもないし、自由にできる物でもないです。

私は一日も早く家に帰りたいです。お父さんやお母さんに会って、学校に行きたいです。友達にも会いたいし、バレエにも行きたいです。本も読みたいし、遊びに行きたいです。どうしてケンジくんは、私を閉じこめて平気なのですか」

私の頬に冷たい風が当たった。外気。あるはずのないものを受けた私は目を上げた。玄関ドアが開いており、灰色のジャージを着た太った中年の女の人が驚いて私を見ていた。

「あんた誰。どうしてここにいるの」

咄嗟《とっさ》のことに、私は声も出ずに茫然としていた。女の人は、ずかずかと部屋に入って来て私の顔を長いこと見つめてから、大声を上げた。

「ちょっと待ってなさい。今、誰か呼んでくるから」

女の人は慌てた様子で部屋を飛び出して行った。私の頭がおかしいのだろうか。それとも、本当に助かったのだろうか。私は昨夜から囚われている妄想に冒され、溜息を吐いた。そして、ドアの外に出てこれまで一度も見ることのなかった工場の二階を眺めたのだった。

部屋の前は狭い廊下だった。その向こう側は曇りガラスの嵌《はま》った窓。首を巡らすと、隣に木製の古いドアが見えて、大きく開かれていた。そこがヤタべさんの部屋らしかった。私は裸足《はだし》で廊下に出て、何度も足踏みをした。足裏に畳以外の感触があることが新鮮でならなかったのだ。私は誰も来ないのをいいことに、ヤタべさんの部屋を覗いてみた。私が神様のように崇めていたヤタべさんは、薄い壁を隔てた隣の部屋に住んでいたのだった。どうしてヤタべさんの暮らす気配がなかったのだろう。もし、ヤタべさんの生活音が聞こえたのなら、私の希望はもっと膨らんだはずなのに。私はそれが不思議でならなかった。しかも、昨夜出した手紙はどこに消えたのだろう。私は空っぽになったヤタべさんの部屋に入った。ケンジの部屋と同じ間取りで、畳も同様に黄色く灼《や》けた汚い部屋だった。ケンジのべッドのある側が、ヤタべさんの部屋では押入れになっている。押入れの襖が開け放されて中が見えた。壁にベニヤ板が貼ってある。私は押入れの中に上半身を入れて、ベニヤ板を除けてみた。小さな穴が穿たれていた。

私は廊下に飛び出して立ち竦んでいた。急に涙が出てきて、目が曇った。ガラス越しに射し込む冬の陽光が眩しくて、暗い部屋からいきなり明るいところに出た私の網膜が堪えられなかったのだ。解放されたのだ、と、私は何度も思おうとした。だが新たに得た屈辱がある。気が抜けた私は、廊下に蹲《うずくま》った。その瞬間は、何度も夢見たように劇的ではなく、私をゆっくりと混乱させた。

やがて、どやどやと階段を上って来る慌《あわただ》しい足音がして、ケンジと同じ灰色の作業服を着た初老の男と、先程の女がやって来て、私を見て何か囁き合った。下では、ケンジの動かす機械の音が何事もなかったかのように続いていた。

2

私は、誘拐された十一月十三日から一年一カ月と二日ぶりに救出された。私を見付けてくれた女の人は、社長の奥さんだった。その人はヤタべさんの部屋を片付けに来て、ケンジの部屋の電気メーターが回っているのに気付き、漏電ではないかと合い鍵《かぎ》でドアを開けたのだという。吝嗇《りんしょく》な社長夫妻は、ケンジの部屋の電気代が最近嵩《かさ》んだことに腹を立てていたらしい。結局、私はヤタべさんの存在に救出されたとも言えるし、昼間電気を浪費することによって、図らずも助けを呼んでしまったとも言えよう。

奥さんが連れて来た作業服の男は、ケンジが始終悪態を吐《つ》いていた社長だった。二人は薄気味悪そうに私を眺めていたが、困惑した体の社長が猫撫《ねこな》で声を出した。

「いつからいるの」

「一年前から」

私はくるりと季節が巡ったことから、ちょうど一年経《た》った頃だろうと予想していた。

「ねえ、もしかすると」奥さんが急に泡を食った顔で、社長の作業服の袖《そで》を摑《つか》んだ。「行方のわからなくなったM市の子じゃないの」

ええっ、と社長が素《す》っ頓狂《とんきょう》な叫びを上げ、彼方《かなた》を指さした。

「あんたのお父さんは、あの寿太郎食品の工場にいるのか」

父の工場がその方角にあるらしかった。私が頷《うなず》くと、参ったとばかりに社長は薄くなった頭を両手で抱えた。その指はささくれて爪《つめ》の中まで汚れ、ケンジにそっくりだった。だが、黒い毛が密生した手首には太い金鎖が光っていた。

「工員が川浚《かわざら》いまでして捜したっていうけど、こんなところにいたとはねえ」

私は川浚いという言葉を知らなかった。が、父親の会社の人間が私を捜してくれていたという事実は快く感じられた。私は俄《にわ》かに両親が懐《なつ》かしくなり、涙を堪《こら》えた。やっと家に帰れる、この思いが私をしばし放心させた。

「あんた、ケンジに連れて来られて、ずっとここにいたの」

女が替わって質問した。私に同情するというより、自分の家でとんでもないことが出来《しゅったい》したという怯《おび》えで声が上擦っていた。しかも「ずっとここにいたの」という言い方はまるで私自身の意志に聞こえなくもなかったので、私にはひどく不当に思われ、低い声で返事をした。

「そうです」

「警察の人を呼ぶから、二階にいなさい」

二人は先を争うようにして、足音荒く階下に下りて行った。途端に、それまで稼動《かどう》していた工場の騒音がぴたりと止《や》んだ。社長がケンジに何か告げたのだろう。じきに警察がやって来て、私は家に帰ることができる。安堵《あんど》のあまり放心しかかった私は、テーブルの上に広げた交換日記を思い出して駆け寄った。私は字の書いてある部分を乱暴に破り取り、紙をできるだけ小さく折り畳んでスカートのポケットに入れた。私とケンジの仲が良かったと思われるのが嫌だった。

私は、「十歳の私が、持てる知恵と体力と意志と、ありとあらゆる能力を総動員して生き抜こうとした経緯を何とか表したい」と書いた。だが、当事者以外の誰が、十歳の私とケンジの戦いを理解できるだろう。大人は十歳の女児というだけで、大人の男の玩具になると信じている。私が夜のケンジをやり込めていた、と話したところで誰が信じようか。私は幼いながらも、理解されたいことの複雑さ、膨大さに気付き、早くも無力感に囚《とら》われていた。だから私は、警察の事情聴取を受けた時も、精神科医に治療を受けた時も、日記の存在は絶対に喋《しゃべ》らなかった。ケンジも日記に関わる供述を一切しなかったとみえる。裁判記録でも、交換日記の話は一度も出ない。ケンジと私の交換日記は、たった二回の遣《や》り取りのみで消滅した。いや、私が所持しているのだから、正確には私によって隠滅されたのだった。

私は、警察が来る前に押入れの奥の穴を塞《ふさ》がなくてはならないという強迫観念に駆られ、裸足《はだし》のまま廊下に出て、ヤタベさんの部屋に戻った。私は発見したばかりの新たな恥辱も秘密にしたかった。神様のように崇《あが》め、憧《あこが》れ、助けを乞《こ》うて毎日祈りを捧《ささ》げていたヤタベさんが、実は共犯者だったという残酷な事実に、私は打ちのめされていた。

穴は、壁際《かべぎわ》に押し付けたケンジのベッドの上部に穿《うが》ってあった。私はその穴から、ケンジの部屋を覗《のぞ》いた。穴の向こうに広がる空間は、蛍光灯の青白い光に照らされた小さな舞台のようだった。ここでヤタベさんとケンジが暮らす様を、毎朝毎晩眺めて楽しんでいたのだ。ヤタベさんは、昼間は部屋に戻らないから。

不意に、恐ろしい考えが浮かんだ。それは、難しいと思ったテストの問題があっけなく解けた時に似ていた。昼のケンジが自慰をし、夜のケンジが私と仲良くしていたのは、ヤタベさんが自分の部屋を覗いていたことをケンジが知っていたからに相違ない。私は穴を塞ぐのも忘れて、ヤタベさんの部屋を飛び出した。

私は冷たい廊下で震えて、警官が来るのを待った。ケンジの汚いベッドを見るのも、淀《よど》んだ部屋の空気を吸うのにも堪えられなかった。昼のケンジ、夜のケンジ、煤《すす》けた薬缶《やかん》の水、一度も洗われないシーツ、アヒルの便器、押入れの中の赤いランドセル。そして、ヤタベさんの部屋の覗き穴。ヤタベさんの部屋のドアが隙間《すきま》風《かぜ》でばたんと音を立てて閉まった。私は耳を塞いだ。すべてが忌《い》まわしく、自分を汚す物どもに感じられた。気が付くと、私は廊下で激しく地団駄を踏みながら、大声で叫んでいたのだった。

「汚い、汚い、汚い」

左の足裏に何かが刺さり、私は地団駄を踏むのをやめた。螺《ら》旋《せん》状に捩《ねじ》れた小さな鉄《てつ》屑《くず》が土踏まずにめり込み、血が一筋流れていた。が、私は、少しも痛みを感じなかった。肉体の痛みなど吹き飛ばしてしまうほどの心の痛みに血を流していたからだった。

パトカーのサイレンが近付いて来て、工場の前でぴたっとやんだ。階下で男の怒鳴り声や罵《のの》る声、揉《も》み合って何かがぶつかる音がした。ああ、ケンジが捕まったんだ。いい気味。私は階段の上から階下を見た。油で汚れたコンクリートの床と、天井からぶら下がった太い鎖の先に付いた鉤《かぎ》のようなものが目に入った。

私は自分で階下に下りようとして手《て》摺《すり》に摑まった。すると、階段を上がろうとして現われた若い警官と目が合った。警官の目に表れた驚きと憐《あわれ》みの表情は今でも忘れられない。私の顔に、姿に、何が表出していたのだろうか。警官は呆然《ぼうぜん》と私を眺めた後、痛ましそうに目を伏せて駆け上がって来た。

私はその時も屈辱を感じた。皆が勝手に私を思い遣り、どんなことをされたのか、好きなように想像するのだ。子供にそんな複雑な感情がわかるのか、という質問は意味がない。子供ほど屈辱に敏感な存在はないのだ。屈辱を受けても晴らす術《すべ》を持たないからである。

屈辱は、救出されてからの私に長く付き纏《まと》い、やがて皮膚のように私の全身を覆《おお》った。毛羽立った茶色い毛布で全身を包まれた時も、何事かと飛び出して来た近所の人の目から避けるために頭から警察官のコートをすっぽり被《かぶ》せられた時も。そのコートは好奇の視線から庇《かば》っただけでなく、ひと目、私に別れを告げたいと願ったらしいケンジの意志からも私を遠ざけた。ケンジは逮捕された瞬間、「みっちゃんにさよならを言わなきゃ」と叫んで、刑事にしたたか殴られたと聞く。私は二度とケンジの顔を見ることはなかった。そして、この事件で得た私の屈辱は年を経るごとに分厚くなって角質化し、今は鱗《うろこ》状になって、変わらず私を守っているのである。

大勢の見物人に取り囲まれたK市警察署での出来事は、あまりにもいろいろなことがあり過ぎて、私の記憶の容量を遥《はる》かに超えている。

私はひとまず警察署の最上階にある和室に収容された。そこは何に使うのか、だだっ広い部屋で、床の間に遺体の献花よろしく陰気な白菊が飾られていた。私は毛布にくるまったまま、ニキビで頬を赤くした若い婦人警官と一緒にいた。

「お父さんとお母さんに連絡したから、すぐに来るよ。二人共、泣いて喜んでたって。命が助かってほんとに良かったよ」

気さくな物言いをする婦人警官は、私にオレンジジュースを勧めた。私は飢えた獣のように喉《のど》を鳴らし、一気に飲み干した。久しぶりに味わったジュースの甘味と酸味とで涙が出たのに、婦人警官は貰《もら》い泣きした。

「可哀相《かわいそう》にね。あんた、酷い目に遭ったよねえ」

慌《あわ》ただしく白衣姿の医師と看護婦が入って来た。聴診器を首に掛けた白髪の老医師は、立ち止まって私の全身を眺めた。私の栄養状態は極めて悪かった。体重が十キロ以上減って貧血を起こし、四年生になって始まったばかりの生理も止まっていた。医師は私の上半身に冷たい聴診器を当てた。

「どこか具合の悪いところはない」

私が首を振ると、医師は私の目を見つめて諭した。

「恥ずかしがらなくてもいいよ。僕はお医者さんなんだから、何でも言っていいんだよ。誰にも言わないからね」

医師の言葉には性的なことを言わせようとする圧力があった。誰にも言わないなんて嘘《うそ》だ。警察に報告するに決まっている。敏感に感じ取った私は何と答えていいかわからずに俯《うつむ》いた。私がケンジから受けたことは、誰にも言えないばかりか、言ったところでわからないだろうという絶望が強いのに、なぜ無理矢理言わせようとするのか。私の困った顔を見て、看護婦と婦人警官が目配せした。

「まあ、それはゆっくり治しましょうね」

何のことかと顔を上げた私の手を取り、年配の看護婦が両手で包んで撫でた。

「変な人に誘拐されたんだから、何かされたんじゃないかと思って、皆心配してるのよ」

「何かって何」

大人たちが唾《つば》を飲み込み、顔を見合わせた。

「嫌らしいこととか」

とうとう婦人警官が口にしたが、私は口を引き結んで下を向いていた。医師が私の頭を触った。

「この瘤《こぶ》はどうしたの」

「叩《たた》かれました」

婦人警官の目が光った。

「それはどんな状況だったのかな」

「私が外に出たいと言ったら、殴られたの」

婦人警官が怒って、看護婦に同意を求めた。

「誰だって逃げたいよ。当たり前じゃない。十歳の女の子を殴って乱暴するなんて最低の奴《やつ》だ。そうでしょう」

乱暴という言葉がどういう意味を持っているのか、この時の私は知らなかった。暴力のことかと思い、私は反論せずに頷いたのだが、婦人警官は私が同意したと思ってメモを取った。本当はヤタベさんが近くに来たから助けを求めて叫んで殴られたのに、誰もそんなことは知らない。それに私は、ヤタベさんのことは誰にも言うまいと決心していた。医師が私の衣服を指さして着るように言った。

「入院してゆっくり休もうね。美味《おい》しいご飯をいっぱい食べて、テレビ見て、早く元気になって学校に行こうね」

私の衣服は一年間も洗ったことがなかったので嫌な臭《にお》いがした。どうして気付かないで暮らしていられたのだろう。きっと体も臭いに違いない。私はセーターに鼻を付けて、くんくんと臭いを嗅《か》いだ。いつの間にか、医師と看護婦は姿を消し、私は再び婦人警官と残された。婦人警官はしばらく黙っていたが、私に囁《ささや》いた。

「犯人憎いでしょう。死刑にしたいでしょう」

頷く私に、婦人警官は私憤を露《あら》わにした。

「だから、どんなことをされたか言いなよ。言いたくなかったらいいけど、できれば本当のことを聞きたいよ。そしたら、犯人を長く牢屋《ろうや》に閉じ込められるからさ。でなきゃ、許せないよ」

私は溜息《ためいき》を吐いた。昼のケンジと夜のケンジの変化を告げたら、ヤタベさんの覗きについても話さねばならない。私はケンジの刑が重くなろうが軽くなろうが、そこまで考えられなかった。それより、受けた辱《はずかし》めをどう処理していいのかわからなかったのだ。

次に来たのは、紺色のセーターを着た中年の女の人だった。その人は、笹木という名の精神科医だった。笹木は、疲れているだろうから入院中に病院を訪れる、と告げて帰った。私はほっとして、いったいいつになったら家に帰れるのだろうとそればかり考えていた。

勢い良く襖《ふすま》が開け放たれて、私服の刑事二人と共に両親が現れた。父も母もぼろぼろ涙を流して私に駆け寄った。

「景子、良かった良かった」母は私を抱き締めて号泣した。「絶対に生きてると思っていたのよ」

母が私の臭いに気付いたらしく、一瞬、怪訝《けげん》な顔をした。

「畜生。こんなに近くにいたなんて悔しいですよ。もっと早く、助けてやりたかった。あいつ殺してやりたいですよ」

父は男泣きに泣き、刑事や婦人警官に何度も礼を述べた。私は母の胸の中で父を横目で眺め、「お父さんやお母さんってこういう人だっけ」と考えていた。母はひと回り痩《や》せたせいか、目も顔もきつくなって声量も落ちていた。父の顔も尖《とが》って貧相になり、泣きじゃくっている姿は子供みたいだった。なのに、父は普段より威勢が良い。つまり私は、一年ぶりに会えたにも拘《かか》わらず、両親に違和感を持ったのだ。

その日の夕方、私は両親に付き添われて、K市の警察署からM市内の病院に入院した。ケンジがどうなったかは、誰も何も言わないから知る由《よし》もなかった。

そこでの診断は、栄養不良及び貧血、脱水症状、頭部の軽い打撲傷、しもやけなどだった。私は特別室に入れられ、一カ月間治療を受けたが、体力はすぐに回復して、退屈を持て余すほどとなった。その間、頬の赤い婦人警官は母と競うように毎日訪れて、私の体の具合や精神状態を気遣った。他方、警察署の和室で紹介された笹木という精神科医は、体力が回復する時期を見計らっていたらしく、私の病室に現れたのは、暮れも押し迫った頃だった。

「こんにちは。元気になって良かったわね」

笹木は最初、地味な中年女性と映ったのだが、明るい病室で見ると中年と言うには気の毒な三十代の女性だった。その日は赤い模様の入った緑のセーターを着ており、その色合いは私に何かを思い起こさせた。

「明日はクリスマスだからなのよ」

ああ、そうなのか。私はこれまで生きていて、失った季節があるのだということを初めて認識した。ケンジと一緒に暮らしているうちに過ぎ去ったクリスマスや正月や雛祭《ひなまつ》りだった。私にとって、ケンジとの一年は季節の行事も何もないのっぺらぼうの日々だったのだ。あるのは昼と夜と、気温の変化だけだった。

「これは景子ちゃんが良くなったお祝い」

笹木が差し出したのは、小さな熊《くま》の縫いぐるみだった。私は子供の姿をした老人なのに。私は嬉《うれ》しくなかったが礼を言い、熊を横のテーブルの上に置いた。笹木は気を悪くした風でもなく、ベッドの横に椅子《いす》を置いた。近からず遠からず。微妙な距離の取り方に、私は逆に居心地が悪くなった。マンガの本を閉じ、母に着せられたピンクのパジャマの袖口をいじった。

「良く眠れる?」

頷いた私から言葉が出て来るのを待っている様子で、笹木は辛抱強く微笑《ほほえ》んだ。私は何も言うまいと固く決心していた。笹木は言葉を引き出して、私の心を眺めようとする人間だ。私の心は、私と同じ目に遭った人間でなければ癒《いや》せない。沈黙が十分以上続いたところで笹木は立ち上がり、穏やかに言った。

「また来ますね」

次の訪問は正月だった。病院食に餅《もち》が出なかったので、私は家から餅を持って来ると約束した母が現れるのを待ちわびていた。そこに笹木がやって来た。笹木はコートの肩に少し積もった雪を私に示した。

「ここは暖かいわね。外は雪が沢山降っているわ」

「知ってます」

私は窓外に目を遣ったが長くは見ていられなかった。久しぶりに見る雪景色は、あの解放された日に目を射た陽光のように、やはり私の目を疲れさせるのだった。

「これ、あげようと思って。昨日、文房具屋さんで見付けたの」

子猫の模様の付いた日記帳だった。私はケンジと交わした日記を思い出した。こっそり隠し持っている日記。私は笹木がそのことを知っているのではないかと動揺した。笹木の目に一瞬、好奇心が現れて消えた。獲物を発見した輝き。私はこの日から笹木に全く心を閉ざし、笹木が来ても喋らなくなった。

反対に親しくなったのは、気さくな婦人警官の方だった。名前は沢登《さわのぼり》加代。沢登は地元の私大を卒業し、念願だった警察官採用試験を受け、トップで合格したのだと自慢げに語った。念願というのは、沢登の父親も叔父も兄たちも全員が警官だったせいだという。沢登は、頰が赤いことを除けば、美しい顔立ちをしていた。だが、短軀《たんく》でがっちりしており、かつガニ股《また》なので、端正な顔をしたカニのような印象があった。しかし、沢登は体軀を気にする風でもなく、慣れた頃には、私の枕元《まくらもと》でしばしばプロレスの構えをしてみせた。警官になっていなければ、女子プロレスラーになりたかったのだと言った。

沢登を私に配したのは、長期にわたる児童の監禁という特別な事件に、どう手を付けていいのかわからない県警の苦肉の策だった。K市での捜索をおざなりにしたM市の警察、関係ないと知らん顔をしていたK市の警察。長期の監禁は、双方の落ち度だと非難されたために、県警の指揮下に置かれたのだ。だから私は腫《は》れ物に触るような扱いを受けた。つまり、事件とまともに向き合い、捜査し、きちんと調べ上げようという人間はいないも同然だったのだ。刑事による事情聴取もあるにはあったが、両親立ち会いのもとで行われたから、私はほとんど何も語らなかったし、刑事も私が小さな子供だと端《はな》から決め付けて碌《ろく》な質問もしなかったのである。唯一《ゆいいつ》尋ねられたのは、みっちゃんのことだった。

「景子ちゃんはケンジに『みっちゃん』と呼ばれていたらしいけど、それはどうしてかな。知ってたら教えてくれないかな。それから、『おおたみちこ』という名前を聞いたことはないかい。小学校二年生くらいの子なんだけどね」

私は首を横に振り、逆にケンジの様子を尋ねた。すると、刑事たちは互いに目配せし、「景子ちゃんは心配しなくていいよ」と言うに留めた。私は仕方なしに、沢登からあれこれと聞き出すことにしたのだった。

沢登がもたらした情報は、奇妙なことばかりだった。例えば、あれだけ私が心を痛めたにも拘わらず、ヤタベさんの部屋の押入れに穿たれた穴はとうとう発見されず仕舞いだったということだ。そして、ヤタベさんの行方も杳《よう》として知れなかった。ヤタベさんを事情聴取しようと警察が必死に捜したのに、K市内はおろか、近隣の町や村からも、ヤタベさんは忽然《こつぜん》と姿を消していた。しかも、ヤタベという名は偽名だった。社長夫妻が劣悪な労働条件で雇い入れるのは、若くして世の中に放り出されたケンジみたいなはぐれ者や、ヤタベさんのような前歴も名前もわからない放浪者ばかりだったのである。

「ヤタベさんて、どんな人だったの」

　わたしの問いに、沢登はリンゴを齧《かじ》りながら答えを考えていた。リンゴは、担任と小学校長が見舞いに持って来たものだった。担任の女性教師は泣きじゃくって、「五年一組になっちゃったけど、みんなで景子ちゃんの勉強を助けるからね」と言った。私が何をどれだけ学習してきたか、ということなど誰も知らないのだ。

「写真もないからわからないけど、四十代半ばの小太りのおじさんだって。耳が不自由で、左手小指欠損だっていうから、元ヤクザじゃないかと思う」

　私はいつか自分でヤタベさんを探し出さなくてはならないと思っていた。ケンジは捕まって留置場に入れられているのに、ヤタベさんは私を覗いて楽しんだだけでなく、見捨ててどこかに行ってしまったのだ。許せない、と私は幼い復讐心《ふくしゅうしん》を募らせていた。

「景子ちゃんは何でヤタベなんかに会いたいの」

　突然、沢登に聞かれた私は絶句した。

「だって、隣の部屋に住んでたのに、なぜあたしを助けてくれなかったんだろうって悔しいから」

「聞こえなかったんだもの、しょうがないよ」

　沢登は「それ以外」のことを考えない人間だった。だからこそ、私は付き合いやすかったのかもしれない。私は逆で、起きた物事と同時に「それ以外」のことを考える人間だったのだ。

　沢登はある日、緊張で張りつめた顔をして病室に入って来た。ちょうど母が帰った直後で退屈していた私は、「何かあったの」と問うた。

「あんたが怖がるから、笹木先生に絶対言うなって言われてんのよ」

「怖がらないよ、教えて」私は真剣に言った「笹木先生には聞いたこと言わない。約束する」

　仲良くなってしまえば、沢登は職業的態度をさっさと捨ててくれた。看護婦が私と仲良く話していると嫉妬《しっと》するほどだったから、沢登は本気で同情してくれた唯一の人間だと私は信じていた。

「景子ちゃんの事件は大事件だよ。取材が大勢来て、皆大騒ぎしている。昨日、工場の裏庭から沢山の猫や子犬の死体に混じって、女の子の死体が発見されたんだ」

「それが『おおたみちこ』なの？」

「わからない」沢登は慎重だった。

「ケンジは何て言ってるの」

「『おおたみちこ』だって証言してるらしい」

「じゃ、そうじゃない」

「けど、その死体の女は二十歳くらいだったんだよ」

私は、恐怖で悲鳴を上げた。そんな奇妙なことがあるのだろうか。しかし、「おおたみちこ」という名前の子供が失踪《しっそう》した事件は、全国のどこを探しても起きていなかったのである。それに、まだわからないことがあった。私が部屋の外に押し出した手紙は誰が持って行ったのか、ということだ。一番考えられるのは、ヤタベさんだった。一度出て行き、再び戻って来たヤタベさん。次に考えられるのは、ケンジ自身だった。朝、工場に行くケンジが手紙を拾ったとしたら、私に黙っているはずはなかった。何しろ、その時は昼間のケンジなのだから。しかし、あの朝は、電気を点《つ》けてもいいと許可してくれたし、ケンジに何か変化があったに違いないのだ。だとすれば、ケンジが私を助け出してくれたことに他ならない。昼のケンジと夜のケンジの他に、いい人のケンジがいるということになる。そして「おおたみちこ」を殺した、悪い人のケンジが。

「どっちにせよ、ケンジは頭が少しおかしいから事件の解明は大変だよ」

私はケンジは正常だと感じていたので、沢登の決め付けには疑問を持った。

「ケンジはおかしいの？」

「おかしいに決まってるよ。女の子を誘拐して」乱暴して、とこの後に続く言葉を、沢登は呑《の》み込んだ。それは沢登が私をよく知るにつれて、私の傷の深さに気付いたせいだと思われる。

「景子ちゃん、ケンジにエッチなことされなかった？」

「されてない」

私を裸にした昼のケンジ。私はしっかり目を閉じて歯を食いしばった。沢登がほっとしたように言う。

「良かったね。妊娠する子もいるんだから」

「ケンジは優しいし、馬鹿《ばか》じゃないよ。文章とかしっかりしてたし」

私の言葉は止まらなかった。性的なことを隠すあまり、思わず優しい夜のケンジのことを喋ってしまったのだ。

「何で文章のことなんか、知ってるの」

「何かで見たことがある」

ふーん、と沢登は制服の皺《しわ》を伸ばしながら、信じ難い顔をした。話題は退院のことに移った。日記について暴露してしまいそうになった私は安堵して、早く家に帰りたい、と口走ったが、その言葉が本当なのかどうなのかも自分ではわからなかった。両親に違和を感じたみたいに、家に帰っても何かが違って見えるだろうという予感があったのだ。

翌日、約束の日時でもないのに笹木がやって来た。笹木は黒いコートを手に持ち、いつものようににこにこして、椅子に座った。笹木は必ず私に小さなプレゼントを持って来る。だが、その日は手ぶらだった。

「そろそろ退院だってね。景子ちゃん、退院してからもうちのクリニックに来てね」

はい、と私は神妙に答えた。どちらにせよ、私の被害は明らかになっていない。肉体も精神も。このことだけは両親も警察も医者も、誰も手を付けられない領域なのだ。私が言わない限り。その事実に気付いた私は永久に喋らないことにしていたから、後は我慢比べだった。

「精神的外傷という言葉があるんだけど、それはとてもショックを受けた人が心に傷を負うことなの。ちゃんと治しておかないと、何年も経ってから突然症状が出たりして恐《こわ》いのよ。私は景子ちゃんに傷があったら一緒に治したいと思っているからね。私を信用してちょうだいね」

笹木は椅子から立ち上がり、窓辺に行った。

「話さなくていいから、この間あげた日記帳に何か書いてみたら」笹木は振り向いた。

「書くの嫌い？」

「嫌いじゃないけど」

「景子ちゃんは、ケンジという人の文章とか見たことないの？」

私は急に謎《なぞ》が解けた気がした。笹木と沢登はグルなのだ。沢登は私と親しくして笹木に情報を手渡している。大人たちは全員で私の秘密、いやケンジと私の秘密を知ろうと必死なのだ。私は助けの来ない場所にいる、と思った。その場所は好きな時に歩いたり、どこでも行くことはできる。でも、誰も私のことを理解できないのだ。初めて私は、ケンジに誘拐されて与えられた体験は、どこに誰といても、私を孤独にするものだとわかったのだった。

死体の発見により、ケンジの容疑は連続女児誘拐・殺人死体遺棄という長ったらしいものになった。私の証言に関心が集まったのはこのせいである。私が核心を言わなかったため、ケンジの取調べは過酷を極めたと聞いた。だが、ケンジもほとんど何も語らなかった。「みっちゃんが自分から部屋に来た」と証言したという。ケンジの言う「みっちゃん」が私のことか、それとも「おおたみちこ」なのか、二十歳の女なのか、一切不明のままに長い裁判が始まったのだった。私は一度も出廷することがなかった。それは、沢登と精神科医の笹木による「精神的ダメージが大き過ぎる」との進言によるものだった。その点だけは二人に感謝している。だが、私が信用する人間は一人もいなかった。

体力の戻った私は、両親と沢登に付き添われて家に帰ることになった。一年二カ月ぶりの我が家。看護婦たちは口々に「嬉しいでしょう」と言って微笑みかけたが、私は怖《お》じ気《け》付いていた。なぜなら、救出された後に私が感じた小さな違和は、時間を経て治まるどころか大きくなる一方だったのだ。私が戻って来た世界は、以前と少し様相を違《たが》えているように思えた。

ケンジに監禁されていた頃、私は自分が家で恙無《つつがな》く暮らしている夢を何度も見た。今でも思い出すのは、私が居間に寝転がっていると母の歌声が聴こえてきて、母を探し回る、というものだった。母は押入れに隠れており、私は襖を開けて「見付けたあ」と大きな笑い声を上げるのだ。しかし、目覚めて見回す現実の部屋は狭く汚く、隣で見知らぬ男が鼾《いびき》を搔《か》いており、薄暗い闇《やみ》を透かして見える押入れには赤いランドセルが入っている。私は目が覚める度に落胆し、現実がいっそ悪夢の中だったら良かったのに、と思った。そんな時、私はもう一度眠りに入ろうと無理矢理目を瞑《つむ》った。夢の中で楽しいのなら、せめて夢の世界に行ってしまいたかった。監禁されていた間中、私が嗜眠《しみん》気味だったのも現実逃避からであろう。

だが、私の救出生還を喜ぶ大人たちは、誘拐される前と同じ世界を私に提供できると信じている。安全で穏やかな世界がここにある、と両腕を広げて私を歓迎しようとする。私は、世界の変わりようが不安で怯えているというのに、誰もそのことに気付かない。

私が病院で過ごせたのも、病室には畳や襖がないからだった。更に言えば、黒い紙を貼《は》った窓も、ベニヤ板を幾重にも打ち付けた古ぼけたドアもないせいだった。医師以外の男性に会わなくても済む。が、私の家には畳も襖も押入れもある。私のランドセルは赤い。父親はケンジと同じ男だ。一歩、団地の廊下に出れば、男たちは沢山いる。私には、ケンジの部屋やケンジ自身を想起させるものすべてが怖《おそ》ろしかった。

一月中頃のよく晴れた日の午後、私は退院した。私たちはマスコミを避け、病院の裏口からこっそり出た。院長と医師、看護婦たち、警察署長らに見送られ、私は迎えの車に乗った。車は大きな黒いハイヤーだった。工場の社長の配慮だ、と父は嬉しそうに言った。北風が強く、ハイヤーの前に付けられた社旗が今にも引きちぎれそうにはためいていた。

「景子、どんな気持ち」

母が私の手を取った。母は毎日病院に見舞いに来ていたが、久しぶりに会った時に感じた違和感は消えていなかった。母は微妙に変わっている。だが、どこがどう違うのか、私にはその実体が摑めなかった。やつれていた母の頰は次第にふっくらし、時々、昔のような甲高い声で笑ったりもしたから、前に戻ったようだった。しかし、私を見つめる眼差《まなざ》しに、見知らぬ他人を見る冷たさが加わっている気がしてならなかった。父も周囲に気遣ってばかりいる平凡な人間に返ったが、「あの変態」とケンジを詰《なじ》る口調に狂気を宿らせているようにも思えた。

現在、私が思い出しているのは、母や父が変わったのでなく、監禁生活を経た私が劇的に変化したのだ、ということである。両親は変貌《へんぼう》した娘に戸惑い、どう接していいのかわからなかったのだ。あるいは、両親も私の不在の間に変わっていたのかもしれない。しかし、私は自分の変化に長く気付かなかった。

「景子。今、何を考えているの」

答えない私に、母が遠慮がちに繰り返した。

「社長さんって、病院にも来てたの？」

「来てないよ」父が苦笑したが、会社の運転手の耳を気にして小声だった。「社長さんは東京にいるんだ。だけど、景子が助けられたニュースを聞いて喜んでくださってね。電報やお見舞いをいただいたよ。車も手配してくれたし、感謝してる。工場でも皆が喜んでね、万歳三唱してくれた」

父の声は太く、低い。私はケンジのシェーバーの小さな唸《うな》りを思い出した。私が黙り込むと、父は自分のはしゃぎぶりを恥じたのか口を閉ざした。母が取りなすように看護婦と同じことを言った。

「おうちに帰れて嬉しいでしょう」

「うん、嬉しい」

鸚鵡《おうむ》返しに答えた私に、父が殊更《ことさら》明るく言った。

「お前の部屋を作ったんだよ」

「え、どうやって」

私は驚いて問い返した。前にも書いたが、私の家は団地の2DKなのだ。母がじっとりと湿った手で私の乾いた指を包んだ。

「ピアノを売ったのよ。だから少し広くなったの」

「なぜ。お母さんの大切な物なのに」

母は上擦った声を出した。

「いいのよ、いいのよ。だって、あなたがいなくなった日から、ピアノのレッスンなんてやめてしまったんだし、これからはあなたを大事にして、あなたとだけ向き合って暮らしていくんだから、要らなくなったの。もう帰って来ないかもしれないと思ったあなたが生きていて、こうして無事に家に戻って来てくれたのに、私のしたいことなんてもうどうでもいいわよ。そんなことより、お母さん、嬉しくて嬉しくて。こないだ発見された娘さんの死体のことを聞いてからは、本当にあなたが無事で帰って来て良かったとそれだけで胸がいっぱいになってしまって。今までは神様なんか信じなかったけど、神様っているんだと感謝したくって毎朝お祈りしてるのよ」

母が感極まって泣きだし、父も両手で目許《めもと》を押さえた。

「本当に良かった、良かった」

助手席にいる沢登にも会話が聞こえたらしく、引っ詰めた頭を巡らせて私の方を振り返った。私と目が合うと微笑んで前を向いたが、沢登の目が貰い泣きで曇っているのを私は認めていた。私は涙ぐむ両親と沢登に囲まれたまま、自分の住んでいた団地が見えてくるのを車の窓から眺めた。母が私のためにピアノを売った、という話が辛《つら》く感じられてならなかった。放っておいてほしいのに、周囲の方がどんどん形を変えていく。私という重い存在を受け止めるために。

真っ先に目に入ったのは、T川の堤に並ぶ桜だった。早春の桜は小さな固い蕾《つぼみ》を付け、枝がうっすらと赤らんで見えた。その向こうにあるのは濁った薄茶の水が流れるT川。その川を挟んでK市がある。私は嫌でもK市が見える自分の家に帰って来たのだった。子供たちが学校に行っている時間をわざわざ選んだ、ということはベランダに干された布団《ふとん》の数でわかった。勤め人も子供たちもいなくなる団地の昼下がりには、ベランダというベランダに洗濯物や布団が並ぶのだ。

が、そのベランダに、普段は見慣れない物がずらりと見えた。黒い頭。私が帰るのを耳にした主婦たちが、一斉にベランダから眺め下ろしていた。ばかりか、私の住まいのあるB棟の前には、大人が群がって出迎えているではないか。人影を見て、私の気は滅入《めい》った。

「お帰りなさい、景子ちゃん」

車から降りた私を出迎えたのは、団地の理事会の理事長や町内会会長、PTA会長、学校長らの錚々《そうそう》たるメンバーと父兄たち、取り囲む人垣の万雷の拍手だった。無論、当時の私は、誰が誰やら見分けも付かず、大量の大人の出現にただ茫然《ぼうぜん》としていた。大人の中にたった一人、赤いセーターを着た女の子が花束を持って立っていた。四年一組で私と一番仲の良かったと思われている稲田恵美という児童だった。

恵美はE棟に住む鉄工業関係の技術者の娘で、進んで学級委員をやったり、生活委員をやったりする活発な女の子だった。恵美はしばしば私を遊びの輪に誘い、一緒に帰ろうと寄って来ることがあった。孤立している癖に優等生だった私に対する、同情と好奇心からららしかった。母性というものが女児にも備わっているとしたら、恵美は間違った母性を発揮している子供だったのだ。

「お帰りなさい、北村さん。早く元気になって、学校に来てください。また一緒に遊び、学びましょう」

恵美は緊張した面持ちで早口に口上を述べ、私に重い花束を手渡した。薔薇《ばら》やスイートピーや菊がたっぷり入った花は俗悪な色合いで、いい匂《にお》いと嫌な臭いが混じり合っていた。私は花束を受け取り、差し出された恵美の冷たい手を力なく握った。恵美は一瞬困った顔をしたが、大人たちの賛辞を受けようとのぼせた顔を上げた。パチパチとまばらな拍手が起きた。すでに、大人たちの間にまずいことをした、という戸惑いが広がっていた。出迎えに驚いた母が抗議したからだった。

「お迎えは有難いのですが、そっとしておいてくださいな」

町会長がいきり立つ母を穏やかな声でいなした。

「奥さんのお気持ちもわかりますけど、うちらも皆で捜索に協力したじゃないですか。見付かって安心してるんだし、ひと目無事な景子ちゃんを見たいと思って」

「うちの子供は見せ物じゃありません」

母は興奮して金切り声を上げた。父が、まあまあと宥《なだ》めようとするのを、邪険に手で振り払った。

「今日、退院したばっかりなんですから。ねえ、そうでしょう、先生」

同意を求められた校長が困惑して担任を見遣る。担任教師は責任を感じたように恵美の肩を抱いて俯いていた。

「先生もそうおっしゃったじゃないですか。景子の身になって考えるって」

担任教師は母の勢いにたじろぎ、口の中で言い訳した。

「そうですよね。景子ちゃんも疲れているでしょうし」

「奥さん。これ一応セレモニーで、すぐ終わります。景子ちゃんの新しい門出を皆で祝おうということなので、別にそうたいしたことではありませんから」

団地の世話役が母を制したが、母は聞こうとしなかった。まるで世間の目から私を守るように私をしっかりと抱き締め、皆に背を向けたのだ。父が謝って回った。大人たちが父を労《ねぎら》っているのが聞こえた。

「北村さんも苦労なさって大変でした。皆で支え合いますので、とりあえずこれで」

ヒステリックな奥さんもいるから大変だ、という意味合いも含まれていたような気がする。こうして生還した私を迎える儀式はあっという間に終わったのだった。エレベーターを降りて開放廊下を歩いていても、あちこちの部屋のドアが開き、人々が私を見ようとした。私は強張《こわば》った表情のまま、苦役のように長い廊下を歩いた。並んでいた沢登が私に囁いた。

「景子ちゃん、笹木先生のところに行かなきゃ駄目だよ」

「わかってるけど」

「行きたくない」

「けど？」

沢登は悲しそうな顔で私を見た。

「何でだよ。景子ちゃんは自分で思っている以上に酷い目に遭ったんだから、自分で治そうなんて思っちゃいけないよ」

自分で治そうと思ってはいけない。その言葉は私に応《こた》えた。私は自分で治そうと思っているのではなく、ただ自分が持っているものの重さに喘《あえ》いでいたのだ。手から離したくても荷物は消えない。油断すれば押し潰《つぶ》される。だったら、どうすればいい。あれほど夢見た自由は、もっと複雑だった。自由という名の束縛があり、束縛という名の自由もあるのだ。この事実は、まだ十一歳だった私という人間を内部から破裂させそうだった。

ここで奇怪なことが起きた。誰もわかってくれない、という気持ちはあんなに憎んだケンジの存在を浮上させたのだ。ケンジならわかってくれる、という思いを私は捨て去ることができなくなっていた。私の加害者にして理解者。私をこのような運命に落としたのに、私を救うことのできる唯一の人間。私とケンジの関係はこうしてねじくれ、事件が終わってもメビウスの帯の如《ごと》く、終わりのない関係になったのだった。

　私の部屋は確かに出来ていた。両親の寝室が居間になり、テーブルやソファが移動していた。ピアノを教えていた居間は、私のための空間に生まれ変わっている。かつてピアノのあった場所の畳は重みで深く抉《えぐ》れていたが、その上に安いカーペットを敷き、新しい学習机が置いてあった。真新しい五年生の教科書。赤いランドセル。私はランドセルを払い除《の》けるようにして床に置き、机の前に座った。唯一嬉しかったのは、机には鍵の掛かる引出しが付いていたことだ。私はその引出しに、ポケットに隠し持っていたケンジとの交換日記を仕舞った。鍵を掛けて、その鍵の隠し場所を決める。そうしたら、やっと落ち着いて、私は机に顔を伏せた。

「聞いてなかったわ」

　隣室で母の怒鳴り声がした。今日の出迎えを巡って、父と口論しているのだ。私に聞こえるのを恐れる父の声は低くて、何と答えているのかはわからなかった。だが、母は興奮して大声を出した。声楽をやった母の声はきんきんと響いて部屋の壁を共鳴させる。私は工場の騒音を連想した。

「あなたはそうやっていい顔をしてばかり。景子の身になったら、今日のことがどんなに辛いかわかるでしょう。あの子はあんな辛いことがあったのに、晒《さら》し者になったのよ」

晒し者。私は団地のベランダに見えた黒い頭や、人垣の間から背伸びして私を見ようとする人々の視線を憎んでいる自分に気が付いた。それは、ヤタベさんと同じではないか。人の不幸を覗き見る「罪なき人々」の視線。机に頭を載せた私の目に涙が流れたがすぐに止まり、やがて乾いた。

3

この稿を書いている私は、紛れもなく三十五歳の小説家である。若さは失いつつあるが、中年と呼ぶにはまだ早い、中途半端《はんぱ》な年頃だ。昼過ぎに起きて風呂《ふろ》に入り、コンビニやレンタルビデオ屋に行って午後の時間を潰《つぶ》す。パソコンに向かうのは深夜。夜が明けるまで、テレビ番組に関するくだらないエッセイや、映画の推薦文などを書き散らす。仕事相手としか喋《しゃべ》らず、隣人を見かけても目を伏せる。訪れる人もないから、誰とも会わなくて済む。そんな暮らしを続けているうちに、私の記憶は平坦《へいたん》に均《なら》されてしまったらしい。昨日食べた物を忘れ、前の日に見たビデオを思い出せなくなり、編集者の名前を間違える。なのに、どうして私はあの出来事の詳細をこれほどまで明確に覚えているのだろうか。事件を検証している私の驚きは、記憶の在り様にあった。

その記憶は肉体であり、空間だった。ケンジの部屋の饐《す》えた臭《にお》いや、素足に捺印《なつ いん》された畳の目の跡までを、詳《つまび》らかに覚えている。口中に広がる鉄錆《てつさび》の味の水。団地の廊下に漂う夕餉《ゆうげ》の匂《にお》い。記憶の方が掘り起こされるのを待っていたように、次々と体に蘇《よみがえ》る。私の脳の襞《ひだ》に潜り込んでしまってとっくに忘れたと思っていた記憶は、早く現れ出たいとひっそり息づいていたのだ。

だから私は、処女作を書いた時と同じく言葉の奔流を止められないでいる。あの時はシャープペンシルを使って数学のノートに書き留めたのだが、今は狂ったようにキーボードを叩《たた》き続けている。その勢いは、実は私自身があの事件を記したがっている証左なのかもしれない。机の上のケンジからの手紙。あの男も同様に回顧しているはずだ。こうして、決して擦り合わされることのないふたつの世界が出来上がる。

ひと月以上家にいた私が、学校に戻るべき時期が近付いていた。新学期。小学校四年の二学期半ばに誘拐され、五年生の一年間をまるまる失った私は、六年生の新しいクラスに入ることになっていた。家に帰って来たのがちょうど一月中旬であったこと、優等生だった私なら、五年生をすっ飛ばしても六年生の授業に付いていけるだろう、と教育委員会が判断したからだった。そこには、私の存在を殊更《ことさら》目立たせたくないという配慮もあった。

「来年は中学だから大丈夫よ。もうちょっとの辛抱」

母は中細の毛糸で季節外れのセーターを編みながら言った。私はきしきしと音を立てるほどきつい編み目を眺め、何が大丈夫なのだろう、と考えていた。小学校も中学も隣り合わせに建っており、団地内にあった。団地の子供たちは、中学まで離ればなれになることもなく皆一緒に育っていく。気心が知れていいと考えるのは大人の勝手な思い込みで、監視され続ける窮屈さのせいで、中学はむしろ荒れていた。体育館の裏には煙草《たばこ》の吸殻が散らばり、始終、窓ガラスが破られ、廊下には砂埃《すなぼこり》が積もっていると聞いた。中学に入学した子供たちは校舎を見て更に荒《すさ》むのか、急激にひねた鋭い視線を身に付け、飢えた野良犬《のらいぬ》みたいに群れて、野放図に暴れたり、縮こまったりしていた。だから団地の小学生は、中学生を恐れていたのだ。なのに、母はそんな現実など気付きもしない。

「中学生って言えば、みんな大人だし。きっと、あなたに対する思いやりも生まれるでしょう」

母は編み棒に溜《た》まった目をぎゅっと横に詰めた。もうじき四月だというのに、一心に私のセーターを編み続ける母は、私のためにやれなかったことを必死に取り返そうとしているようで気持ちが悪かった。私が家に帰って以来、母は私の横に布団《ふとん》を敷き、私が眠るまでその目を閉じようとはしなかったのだ。父は私が帰って来たことで安心したのだろう、外で飲んで遅くなる日が多くなった。もしかすると、私に密着して私を守ろうとする母が、鬱陶《うっとう》しかったのかもしれない。

母の言うのは、近隣の人たちの私に対する態度のことだった。過度の哀れみと関心。私が帰って来た日に、ベランダから見ていた近所の人たちの視線が、私から逸《そ》らされることは決してなかったのだ。私の誘拐監禁事件が全国的な関心を集めていることだけでなく、普通の誘拐事件ではないと人々が察知したからだった。誰もが、帰って来た私が家でどう過ごしているか覗《のぞ》きたがり、そしてケンジとどんな暮らしをしていたのかを知りたがった。私が口を噤《つぐ》んでいたこともその原因のひとつだった。

例えば、私が帰った翌日、団地の子供会から見舞いの品が届いた。色鉛筆と手紙の数々。「けいこちゃん、おかえりなさい。ぶじでよかったね。みんなよろこんでいます。またいっしょにあそびましょう」。学年が上がるごとに漢字が増えていくだけのことで、文面は気味悪いほど、一様に同じだった。だが、その中に一通だけこんな手紙が混じっていた。

「景子ちゃん、ぶじでよかったね。だけど、景子ちゃんは男の人にむりやりいやらしいことをされた、とお母さんが言ってました。私はその話を聞いて、とてもかわいそうだと思いました。事件に負けないで、がんばってください」
手紙の主は、私がバレエに行く時、「スカしてる」と嘲笑った女の子だった。では、手紙は私を傷付けるために書かれたのかというと、そうではない。その女の子は、本気で私に同情していたと見えて、私の家にまで手作りのクッキーを携えて見舞いに来たのだ。与えられた傷が深ければ深いほど、善意と同情でさえも更に傷を抉る、ということを私は学んでいた。

たまに外に出れば、たちまち好奇の視線が私に集まった。一度など、母と一緒に出かけた団地内のスーパーで、私を見るや得意げに質問した男の子がいた。

「ねえ、犯人に何をされたの」

皆が聞きたいことが、この質問に集約されていた。質問が発せられた途端、周囲の大人も子供もはっとして私の返事を聞くために静まり返った。男の子は四年生くらいだったが、すでに狡賢い目で周りと私の反応を窺っていた。私は何も答えずに目を伏せた。母が私を背中に隠して男の子に怒鳴った。

「あっちへ行け」

母の反応に驚いた男の子が逃げて行く。母は怒りを露わにして、すべてが敵だとばかりに店中の人間を睨み付けた。何事かと様子を見に来たスーパーの店員に母はくだくだと愚痴った。

「何よ。この子がいなくなった時だって、すぐに忘れてしまった癖に。とっくに死んでると思ってたんでしょう。せっかく無事に帰って来たのに、寄ると触ると何があったかって聞きたがる。本当に下品で最低なんだから」

お母さん、と私は母の袖《そで》を引いた。母の怒りは私を目立たせる。しかし、母は私の手を振り払って喋り続けた。

「それとも、この子が無事に帰って来てがっかりしたとでも言うの。皆さんのお望み通り、死んでいれば良かったの」

「誰もそんなこと言ってないですよ、奥さん。大丈夫ですか」

店員が母の怒りに驚いて宥《なだ》めようとしたが、いったん噴出した母の憤懣《ふんまん》は留まるところを知らなかった。

「いいえ、言ってるわ。だって、さもしい目で私たちを見ているじゃないの。ほら、あそこでもこっちでも」

母は遠巻きに私たちを眺める主婦たちを指さした。見かねたらしい中年の主婦が母の腕に手を掛けた。以前、母がピアノを教えていた生徒の母親だった。

「北村さん、一緒に帰りましょう。景子ちゃんも可哀相《かわいそう》だから」

「何が可哀相なの」母は主婦に食ってかかった。「何が可哀相なのか、はっきり言ってごらんなさいよ。言えないでしょう」

「あなたがそうやって騒いだら、景子ちゃんが気を揉《も》むでしょう。いいから、家に帰りましょう。送りますから」

母はやっと私の存在に気付いたというように私の顔を見下ろした。それから両手で顔を覆《おお》って泣きだした。スーパーの籠《かご》がひっくり返って、中のヨーグルトが転がり出た。それを見た主婦が数人駆け寄って母を慰め、私たちを家まで送り届けてくれた。母は家でも泣きっ放しで、そのまま布団を敷いて寝てしまった。こうして、私と母は次第に周囲から浮いていった。

母の不安定さは、私には痛かった。痛みに感じられるほど、私は母のこうした被害妄想や、また私が誰かに連れ去られるのではないかと怯《おび》える強迫観念を辛《つら》く思った。解放されてからも私の身辺に起きた様々なことを書くと、いかに私が安定を欠いた状況に身を置いていたかがわかる。母の妄想は、私に対して向けられることもあったのだ。

「あなたは私のところから逃げて行きたかったんじゃないの。だから、あんな男の後を付いて行ったんでしょう」

確かに、ケンジに誘拐された夜、私は母の存在が嫌だった。隣の町までバレエを習いに行かされていることも、いつも同じレオタードを着せられていることも、母の荒々しい立居振舞も。だから、何も言えずに黙っている。すると、母はますます私を詰《なじ》り、決まって最後は私に謝るのだった。

「ごめんね、ごめんね。あなたを責めるなんて、私は最低の母親だわ。どうしてこんなことを言っちゃったのかしら。ごめんね、ごめんね。どうしたら許してくれる」

母は私の不在の期間、毎日こうして誰かを責めていたのだった。それは犯人だったり、時には父、誰彼構わぬ相手、最後は自分自身だったのだ。私も母も違う人間に豹《ひよう》変《へん》していた。私は密《ひそ》かに、そして母は顕著に。

新学期を間近に控えた四月初め、私にとって大きな出来事があった。笹木と共に、一人の男が私の家を訪問したのだ。男は刑事でも、児童相談所の人間でもなく、初めて見る顔だった。しゃくれた顎《あご》をして黒縁の眼鏡を掛け、紺のスーツに白いシャツ、野暮ったいネクタイという地味な服装をしている。男は母に形ばかりの挨拶《あいさつ》をした後、時間が勿体《もったい》ないとでも言うように、すぐに私の方に向き直った。

「景子ちゃん、この人は検事さんなの」

検事という言葉はケンジと同じ響きを持つ。私の動揺に気付かない笹木はのんびりと言い添えた。私がケンジと呼び習わしていたことも洩《も》れてはいなかったのだ。

「検事の宮坂さん」

宮坂は急《せ》いた様子で、持参した鞄《かばん》から書類を取り出したが、仕種《しぐさ》が何となくぎごちなかった。私は宮坂の左手を見て、慌《あわ》てて目を逸らした。宮坂の左手は、皮膚の色に近付けたゴム様の物質で精巧に作られた義手だったのだ。

「こんにちは、景子ちゃん。元気そうで良かった。ちょっと聞きたいことがありますので、来ました。わざわざ来て貰《もら》うの悪いからね。そんなにお時間は取らせませんから、いいですか」

宮坂は義手に気付いた私の視線に構う素振りも見せず、てきぱきと言った。笹木は相変わらずにこにこして静かに座っている。私は笹木を見遣《みや》った。

「笹木先生、すみませんけど、景子ちゃんと二人きりで話したいから」

笹木は不安げに立ち竦《すく》んでいる母を促した。

「じゃ、私たちはあちらでお待ちしてますから」

宮坂は私の視線だけで、笹木がいると嫌だ、という私の無言の抗議を理解したのだ。

「あのね、僕は景子ちゃんの事件を担当している検事なのですが、事件のことが良くわからないんだよね。もし良かったら、良かったらでいいからね。いろいろ教えてほしいんだよね。いいかな」

「いいです。でも」

「でも?」

「私もわからないかもしれないです」

宮坂は不思議そうな顔で私を見つめた。

「なるほど。景子ちゃんは頭のいい子だね。僕らは皆、間違っているのだろうと思います。何が間違っているのかと言うと、あなたのような賢い子供がいるということがなかなか飲み込めなくて、子供の証言を得るのに、つい子供の目線になろうとしてしまう。せっかく聞き出しても、子供の言うことだと話半分に聞くこともある。でも、本当は相手が大人のつもりで話して理解すべきなんだろうね。そうでないと、真実を見失うこともある」

さあ、と私は曖昧《あいまい》な答えをした。この鋭い男に私の秘密を気取られてはならないと警戒したのだった。

「笹木先生が心配するので、時間をかけられないんだ。だから、単刀直入に言うけど、いいかな」

宮坂はゴムの義手と右手を重ね合わせた。義手は右手よりも小さく、女の手のように先細りで美しい形をしている。だが、右手はごつごつと節の目立つ男の手だった。

「実はね、ランドセルの中にあった『おおたみちこ』という女の子はどこを探してもいないんだよ。じゃ、あの身元不明の二十歳ぐらいの人の物かというと、そうでもないんだ。あれは最近の教科書だから。だから僕は、犯人の安倍川《あべかわ》健治が自分で女の子になったつもりで、自分で教科書に名前を書いたのではないかと考えてる。僕の言うことわかるかな」

私はわからない振りをして自信なさげに首を捻《ひね》った。実は、震えを抑えようとしていたのだった。

「それで僕は安倍川の筆跡鑑定をしたいと思っているんだけど、安倍川は自分の名前以外に字が書けないと主張している。工場の人もそう証言している。でも、部屋にノートがあったから、何か書いているんじゃないかと思うんだ。景子ちゃんは見たことないですか」

「ないです」私は即座に否定した。

私の否定が早過ぎたと思ったのか、宮坂はメモを取っていた手を止めた。その目に一瞬、強い猜疑《さいぎ》と、あるかなきかの敵意が表れたのを見て取った私は、後退《あとずさ》った。私は怒れる成人の男を忌避し、恐れていた。宮坂は他の大人とは明らかに違っていた。私を十一歳の少女とは思わず、証言可能な一人前の人間だと考えているのだ。そして、事件解明のために私が証言すべきだとも。だが、宮坂は私の怯えを感じて、怒りだけは巧妙に表情から消し去った。

「じゃ、いいよ。知らないんだね。でも、変だよ。ちびた鉛筆があったんだけど、そこからは安倍川の指紋も出ている。それにね、こんなこと景子ちゃんには関係ない話だけど、安倍川のいた施設って、火事で焼失してるんだよ。だから、安倍川がそこにいたことはわかっているんだけど、書いた物も書類も残ってない。ね、変でしょう。ほんと、変だよね」

宮坂は喋っているうちに止まらなくなった。興奮が宮坂の頰を紅潮させている。私は、宮坂が私とケンジの事件に昂揚《こうよう》を感じているのだと勘付いた。

「もうひとつ聞きたいのは、隣のヤタべさんという男の人のことなんだけどね。景子ちゃんは一年間もあそこで暮らしていて、隣の部屋の人や下の人に助けを求めようと思ったことは一度もなかったの？　だって、何か紙に書いてこっそりドアから出す、とかいろんな方法があると思うんだよ。安倍川は昼間いないんだから、そう無理な話だとも思えないんだが」

私はゆっくりかぶりを振りながら、もうひとつの思考に辿《たど》り着いていた。ノートの切れ端に書いた私の手紙は、ヤタベさんが拾ってどこかに捨てたのではないかという疑いに。そして、ヤタベさんは私の願いを無視し、見殺しにしたまま姿を消した。今や、私の敵はケンジというよりヤタベさんだった。私は、眼鏡の奥から私を観察している宮坂に逆に尋ねた。

「ヤタベさんて、見付からないんですか」

「まだなんだ」体側に義手をだらりと下げた宮坂もまた、ゆっくりと首を振ってみせた。「謎《なぞ》ばっかりだね。こんな事件初めてだ」

首を振る仕種が私の真似《まね》だと気付いた私は、死んでも何も言うものか、と歯を食いしばった。宮坂は迷うようにボールペンの頭で自分のしゃくれた顎をつついた。実はね、と前置きする。

「景子ちゃん、間違っていたら悪いけど。あなた、もしかして安倍川と仲良しだったんじゃないの」

「いいえ」

「そうだよね。これは悪いことを言っちゃったかな。というのはね、安倍川が『みっちゃん』とは仲が良かったと証言したものだから、案外仲良く暮らしていたのかなと思って。ところで、安倍川に何か言いたいことがあるんじゃない。あったら、伝えてあげるよ」

宮坂は私を見つめた。私は宮坂の目に向かってありったけの大声で叫んだ。

「死んじゃえって」

どうしてこんな言葉が出たのかわからない。いや、わかっていた。私に世にも稀《まれ》、かつ面倒な人生を強いたケンジを、私は憎んでいたのだ。そして、宮坂のような人間を自分の許《もと》に遣わせたケンジを。母親の神経をささくれさせ、父をより気弱な男にしたケンジを。ある時は孤独な私の唯一《ゆいいつ》の理解者としてのケンジがおり、このような時は圧殺者となって私の心を踏みにじる。昼のケンジと夜のケンジ。宮坂が苦笑する。

「何なら死刑にしてやろうか」

「でも、ならないんでしょう」

「いや。景子ちゃんの意思を汲《く》むよ。だって、あなたはあなたの意思と関係なく玩具になったんだからさ」

玩具。惨《むご》い言葉に、私の目に突然、涙が溢《あふ》れ出た。襖《ふすま》が開いて笹木が部屋に入って来た。

「大丈夫？　景子ちゃん」

笹木は、涙をぽろぽろ流して机の前に立っている私の肩に手を置いた。隣の部屋から母親が激しい形相で宮坂を睨んでいるのが見えた。母にとって、娘を傷付ける人間はどんな相手であれ、憎しみの的となったのだ。笹木が私を庇《かば》ったまま、宮坂を詰った。

「宮坂さん、もうこの辺でやめてください。景子ちゃんは男の人が怖くて、お父さんだってあまり近付かないようにしているんですよ。可哀相じゃないですか」

宮坂は義手を不自然に動かし、「ごめんね、ごめんね。景子ちゃん」と謝り、頑丈な右手で書類鞄を携えて部屋を出て行った。居残った笹木は、ティッシュペイパーで涙を拭《ふ》く私に尋ねた。

「何を聞かれたの」

私が黙り込むと、母が喧嘩《けんか》腰《ごし》で割って入った。

「笹木先生もうちには来ないでくださいな。この子があなたを信用していないのはわかってるでしょう」

笹木が辞すると、母は悔し涙をこぼしながら口汚く罵《ののし》った。

「だから言わんこっちゃない。あんなインテリ面《づら》した女に何がわかるって言うんだ。何が事件の解決だよ。景子の身になって考えているのは、この広い世界で、私一人しかいないんだから。何が地検の検事だ、偉そうに。裁判なんか絶対に出てやるもんか。どうせ、景子を見せ物にするだけなんだろう」

腹立ちの治まらない母がけたたましく夕餉の支度をしている隙《すき》に、私は引出しを開けた。奥に白い物が見えた。小さく折り畳まれたノートの紙。取り出して眺めた私は、白い紙の上にのたうつケンジの筆跡に怖れをなした。平仮名ばかりの、くねった字体。字が書けないなんて嘘《うそ》ばっか。狡猾《こうかつ》で嘘吐《つ》きで訳のわからないケンジ。すると、私に交換日記をしようと提案したことまでが、ケンジの謀略に思えてきて、私は怒りで体が震えた。こんなもの、と破り捨てようとしたが、思い止《とど》まって再び引出しに仕舞い、鍵《かぎ》を掛けた。私には破り捨てるだけの勇気がまだ備わっていなかった。早く忘れたいと思ったなら、私は躊躇《ちゅうちょ》なく日記を破り捨てただろう。だが、私の混乱はいまだに続いていたのだった。あの生活を忘れたいのか、それとも捨て去りたいのか。いや、私はケンジとの単純な生活に逃げ込みたいという気持ちを捨て去ることはできなかったのだ。その時の私を取り巻く世界があまりに煩《わずら》わしく、敵意に満ちていると感じられてならなかったから。

その夜、隣に布団を延べた母が枕元《まくらもと》のスタンドを消した途端、暗闇《くらやみ》の中で私は様々な空想を発芽させた。それは突然やって来た急激な変化だった。空中に飛散していた花粉が、とうとう受粉に成功したのだ。花粉とは、あの囚《とら》われていた一年間の私の恐怖であり、希望であり、絶望であり、不安と安息であり、他のささやかでありながら決して侮《あなど》れない感情のすべてだった。また、助け出された後、勝手な想像をされる屈辱だったし、同情を寄せられる重荷だった。更に、両親の私を慮《おもんぱか》るあまりの、湿度の高いねとつく空気でもあった。それらは風が吹くのを長いこと待っていたのだ。宮坂の言葉が強い風となって、私に毒の発芽を促す。『あなた、もしかして安倍川と仲良しだったんじゃないの』。私は、言葉にならない想念が全身を満たしていくのを感じて、驚きの声が出そうになるのを布団の中で必死に抑えていた。

その夜はまだほんの小さな芽でしかなかった空想を、私は毎晩育《はぐく》んで大きくした。その作業は不思議なことに、残り一年間の、おそらくは辛いであろうと思われた小学校生活を、何とか堪え凌《しの》げるものにしてくれた。新たな屈辱や傷を得れば、それらは肥料となって夜の夢を太らせる。私は夜の夢を得たことで、外部の世界に対して強靭《きょうじん》になったのだ。

だから、私は夜を待ち望んだ。昼のケンジと夜のケンジがいたように、私もまた、昼間は一人の女子小学生として振る舞い、夜は空想の中で自由になっていたのだ。たとえ、その想像が怪しげで毒に溢れ、小学校六年生にしては精緻《せいち》だったとしても。

「おおたみちこ」は、工場から自分の部屋に帰って来るとほっとする。一人になれるから。工場では始終、社長に怒鳴られたり、ヤタべさんに意地悪をされたりする。しかも小さな鉄工所の仕事は危険で、しょっちゅう鉄の破片が飛んで来て、体に突き刺さったり、かすり傷を負ったり、足で踏み抜いたりしてしまうのだ。先月なんか、心押し台に指を挟まれそうになって、危うく指が千切れるところだった。指と言えば、ヤタべさんは左手の小指の先がない。社長は、ヤタべさんは「遊び人」だったといって一目置いているが、「おおたみちこ」には、「遊び人」だったら、どうして社長が怖がるのかが、よくわからない。

「おおたみちこ」は、両手を眺める。爪《つめ》の間に入った黒い汚れは取れないけれども、石鹸《せっけん》の匂いがする。左手の甲にある切り傷がやっとかさぶたになった。「おおたみちこ」は、アルミの盆に載せて運んで来た粗末な夕食を食べる。今日はジャガイモのコロッケがふたつとキャベツのみじん切り、タマネギの浮いた味噌汁《みそしる》に沢庵《たくあん》ふた切れ。コロッケとキャベツにはソースが沢山かかっているので、表面が茶色に見える。てんこ盛りの丼飯《どんぶりめし》は古々米を使っているらしく、僅《わず》かに黄色みを帯びていて臭い。

ヤタべさんは、そんな食事でも旨《うま》いと言って喜ぶ「おおたみちこ」を軽蔑《けいべつ》している様子を隠さない。ヤタべさんは大概、近くの食堂に食べに行く。工場で食べる時は、焼き鳥だのホルモンなんかの総菜を買って来ておかずの足しにしたりするのだが、それを「おおたみちこ」に勧めてくれたことは一度もない。

ヤタべさんは聾唖者《ろうあしゃ》だから社長とは手話で話す。が、「おおたみちこ」には、それすらせずに、顎で示すだけだ。「おおたみちこ」は、社長とたった二人の従業員で成り立っている工場の奴隷《どれい》だ。永久に使い走りで、危険で単調な仕事は、みんな「おおたみちこ」に回ってくる。だから、食事の時間だけが楽しみなのに、ヤタべさんは、社長の奥さんが作って持って来る食事を指さして、こっそり豚の真似をして見せたりするのだ。「おおたみちこ」はヤタべさんが嫌いだ。が、もっと嫌いなのは威張りくさっている社長だ。一番好きなのは、ご飯を作って持って来てくれる社長の奥さんだが、奥さんも「おおたみちこ」を馬鹿《ばか》にしている。社長の着なくなった洋服を貰ったことがあるが、それはいくら洗っても反吐《へど》臭かった。

「いただきまーす」

「ごちそうさま」

ほんの五分足らずで給食を食べ終えてしまう。その後は、勉強の時間だ。「おおたみちこ」は、押入れを開ける。そこに隠してあるのは、K市のスーパーで買った赤いランドセルだ。「おおたみちこ」は、ランドセルを宝物のように大事にしていて、取り出す度にそのつるつるした革を撫《な》でさする。男の子が使う黒い革のランドセルでも良かったのだが、北海道の施設にいた時、上級生たちが使い回した黒革のランドセルを使わせられたので、今度は赤い方がいいと思って赤にした。そしたら、女の子になりたくなったから「おおたみちこ」という名前を考え付いた。「みっちゃん」と呼ばれたら可愛《かわい》い、と思った。

算数と国語の教科書をテーブルの上に広げる。教科書は別の市の小学校の教室に入り込んで盗んできた。二年生用の教科書を選んだのは理由がある。「おおたみちこ」が、三年生までしか小学校に通わなかったからだ。二年生のなら、簡単にわかる。

ある晩、「おおたみちこ」は隣のヤタベさんの部屋から大きなテレビの音がして、時々女の声が混じるのに驚いて耳を澄ました。ヤタベさんの部屋は、普段テレビも音を消して見ているし、ラジオも聴かないから、いつもしんとしているのに、若い女が忍び笑いを洩らしているような音が確かにしたのだ。もしかすると、ヤタベさんの部屋に女の人が来ているのだろうか。だが、そんなことなど今までなかった。

隣の部屋は急に静まり返ってしまった。気のせいだ。「おおたみちこ」は、ランドセルを背負って学校に行く振りをしようと立ち上がった。しばらく野原を歩く真似をして、ランドセルの中で教科書や下敷きがかさこそいう音を楽しんだ。また聞こえた。女の笑い声。哄笑《こうしょう》。誰かが自分の姿を見ているのだろうか。

不安に駆られた「おおたみちこ」は部屋を飛び出し、ヤタベさんの部屋のドアを叩く。ドアが開いて、見たことのない若い女が顔を出した。高校生といっても差し支えないような若い女だ。あるべき場所に眉毛《まゆげ》がなく、茶色の色鉛筆でわざと下手糞《へたくそ》にしたみたいに嘘の眉毛を描いている。小さな目が意地悪そうに笑った。「おおたみちこ」は、女子高生や若い女が怖いので、思わず顔を背けて廊下に後退した。

ヤタベさんは、胡座《あぐら》を組んで酒を飲みながらテレビを見ていた。女がいるためか、機嫌がいい。ヤタベさんが「おおたみちこ」に赤い顔で何か言ったが、それはアウアウという呻《うめ》きで言葉にはならない。でも、邪魔だから帰れ、とでもいうように顎をしゃくった。女が嘲笑う。

「あんた、頭おかしいんじゃないの。何でランドセル背負って歩き回ってるのよ」

「あたしは」

「あたしは、だって。気持ち悪いね、この人」女はヤタベさんを振り返る。「ねえ、おじさん。この人、おかま?」

「おおたみちこ」は逃げ帰る。そして、部屋でランドセルを撫で、ずっと考えるのだ。
あの女の人を殺してやろうか。

4

私の中学入学を機に、両親は別居した。工場勤務を辞める訳にいかない父はM市の団地に残り、私と母は東京に出ることになった。結局、それは二カ月後に正式離婚という結末を迎えたのだが、当初の理由は傷付いた私のための転校、と周囲に説明された。父母の間には常に、誘拐されて一年間も監禁された可哀相《かわいそう》な娘の処遇を第一義とする習慣が染《し》み付いていた。しかし、真相は少し違っていた。父に女がいたことが、母が家を出る直接の原因だったのだ。つまり、私の気持ちを優先する、というもっともらしいことの裏に大人たちの思惑がくっついて回り、私の事件はそのことにも利用されたのだった。

父が母を裏切ったのはいつ頃からだったのか。母の口振りからすると、私が誘拐されてすぐのことだったらしい。父は、私が突如として消えた不安や恐怖に堪えられるほど強い人間ではなく、希望を持ち続ける堅固な意思もなかった。だから、精神の均衡を崩しやすい母を支えることができなかったのだろう。父は手っ取り早い方法を取った。現実から逃走して、居心地の良い新しい現実を得たのだ。相手はK市の駅前にある自転車屋の女房だった。

なぜ私が父の相手のことまで知っているかと言えば、数年後に歯医者で偶然目にした週刊誌に、「あの人のその後　M市の誘拐監禁被害者の父親、不倫再婚」という記事が出ていたためだった。ほんの半ページの覗《のぞ》き見趣味な読み物だったし、父の名も仮名だったが、私の事件であることは明らかだった。記事によると、父は事件のほとぼりが冷めてから、かねてからの浮気相手だった自転車屋の女房とようやく所帯を持った、自転車屋の女房は子供三人を置いて追われるように家を出た、近所の人は誘拐事件が両親の仲を裂いたのだろうと噂《うわさ》し合っている、という無責任なものだった。

読んだ私の感想は、記者と同じだった。私の事件が元の形に戻れないくらいに両親を損なったのは、間違いのないことだったからだ。しかし、私には奇異な感覚が残った。その記事には、私の存在が全く感じられないことだった。事件の被害者で当事者で、たった一年で誰よりも早く大人になり、夜な夜な毒の夢を見る私という子供の存在が。両親の間のみならず、両親と私の関係も乖離《かいり》させるほどの出来事だったのに、それは誰にも気付かれずに深く進行しているという事実。

母が神経症的に私を側に置きたがるのも、父の裏切りに対する反動だったと言えなくもない。私を失えば、母は孤独地獄に落ちるのだから。現在の私は、そんな母を哀れに思う一方で、母を疎《うと》ましいと思った自分と父の感覚は似ていなくもない、と妙な感慨を持ったりもするのだ。

母は私を連れて、東京都下のL市に移り住み、保険勧誘の職を得た。現実認識の甘い母が、保険外交の仕事に優れていたとは思えない。が、それでも、父からささやかな養育費を月々送金して貰《もら》うことで、何とか暮らしていけたのだ。音楽を忘れた母は、着飾ることもやめ、私の世話に生き甲斐《がい》を見いだした。だから私は、母のために、どんなに辛《つら》いことがあっても、何事もない顔をする振りを覚えた。その方が面倒がないからだった。中学生になってからの私は、逆に弱い母を庇護《ひご》していたのかもしれない。夜の夢を得た私は、周囲に傷付けられることもなくなっていたのだ。

埼玉県と隣り合わせにあるL市は、サラリーマンが多く住む、都下の市の中でもとりわけ地味な地域だった。私たちの住むアパートは畑に取り囲まれていた。農家は大根や白菜を作ってはいたが、いずれは宅地として売れることを目論《もくろ》んでいるのは明らかだった。生産緑地地区にしておけば、税金が優遇されるからだ。そのため、畑はいつも腐った野菜の臭《にお》いに満ちていた。畑の向こうには、私が住んでいた団地よりも遥《はる》かに高級で大きなマンション群が立ち並んでいた。畑の真ん中にあるテニスコートやゴルフの打ちっ放し練習場。自転車で行き交う主婦や子供たち。M市の団地とあまり変わらない風景ではあった。

では、私がL市を好きでなかったかと言うと、そうではない。L市は雑然としていて、放埒《ほうらつ》だから好きだった。L市の住民は夜になるとこの町に帰って来るが、朝は散り散りにどこかへ消えて行く。同じ学校、同じ工場に行ったりしない。だから、私は今でもL市内に買ったマンションに住んでいる。

新しい中学で、私の過去は徹底的に隠された。母は小学校の担任にかけ合って、中学入学に際しては、どんな書類にもあの事件のことは記載しないという約束を取り付けていた。そして私は、母の離婚に伴って母の旧姓の島田を名乗っていたから、誰も私のことを知らなかった。しかも好都合なことに、私の入学した中学は人口流入に伴う新設校だった。建物も新しければ、教師も入学する生徒たちも寄せ集めに近い。私はそこで初めて、解放された気分を味わうことができた。無論、それは周囲に対してだけのことである。私の心が解き放たれるには、まだしばらく間があった。

笹木は時折電話を寄越し、L市からも通えるような病院や医者を世話したがった。

「精神的外傷は忘れた頃に出る」というのが、笹木の持論だったのだ。しかし、前にも書いたように、私は監禁された時の悪夢を払い除《の》けようとするどころか、悪夢の真っ只中《ただなか》に進もうとしていたのである。そう、毒の夢に。

他方、宮坂は何度か私に会いに来た。担当検事として、私から聞き出したいことがあったのだろうが、それだけではなかった。宮坂は、私の家族が崩壊しつつあることをいち早く見抜き、興味を抱いていたのだ。

中学に入ってからも、母が留守の時に宮坂が訪ねて来たことがあった。すでにケンジの公判が始まって一年近くが経過していた。宮坂は「確認したい用件があるから訪問してもいいか」と、L市の最寄り駅から電話をかけてきた。六月の終わり、真夏のような強い陽射《ひざ》しに炙《あぶ》られた午後だった。学校から帰ったばかりの私は、一度脱《ぬ》いだ制服を再び身に着けて宮坂を迎えた。汗まみれのスカートはウエストの辺りが濡れていて気持ちが悪かったが、宮坂に対して私は警戒を怠らなかった。

「女の子は急に大人になるね」

宮坂は、玄関の扉を開けた私を見て、眩《まぶ》しそうな顔をした。宮坂は三十代前半だった。その日も白いシャツを着て、地味なネクタイを締めていたが、上着は義手に掛けて持っていた。暑いのに、シャツの袖《そで》はきっちりと下までおろされている。宮坂は、健常な右手でせかせかと額の汗を拭《ふ》くのに忙しく、何も言わなかった。私は冷蔵庫から麦茶を出して、宮坂と向き合った。

「お母さんはお勤めですか」

宮坂は部屋を見回してのんびり言った。母に怒鳴られて以来、宮坂が母のいる時間を注意深く避けているのはわかっていた。

「今日は何ですか」

「景子ちゃんは、あの事件で一番、自分の何が失われたと思う」

宮坂は鞄《かばん》から取り出した書類の位置を義手で直しながら尋ねた。このように宮坂は、いつも核心を衝《つ》いたことを唐突に聞く。そして私の動揺を観察し、事件を愉《たの》しむのだった。宮坂から感じ取るものは、真実の追究でもなければ、正義感でもなく、ただの愉楽だった。

「さあ、何だろう」私は宮坂の肉の色をした作り物の手を眺めた。爪《つめ》も指紋もないゴムの手。「考えたこともありません」

「家族？　それとも住む環境。友達？　何かな」

「よくわかりません」

私はとぼけた訳ではなかった。本当に考えに耽《ふけ》っていたのだった。私が失ったもの。

父親。信頼。友情。平穏な暮らし。いや、そうではなかった。私は答えの言葉を探し当てたが、口には出さなかった。

「僕は現実ではないかと思う」

私は思わず、あっと声に出した。同じことを私も考えていたのだった。私は今いる現実を、夜の夢の影のようにしてやっと生きていた。私にとっての現実は、自分自身を偽ることで辛うじてやり過ごすものでしかなく、私自身は夜に生きていたのだった。そのことがなぜ宮坂にわかるのか。私はたじろいで宮坂の目を覗き込んだ。宮坂は、図星だろうという風に顔を歪《ゆが》めて笑った。

「あなたは前にも言ったけど、異様に賢い。十三になったんだっけ？　まだ十二歳か。信じられないね。悪夢の経験が人を変えるんだということが、僕は今回わかったよ。それも、あなたの場合は期間が長かったからね。一年間の監禁生活であなたは人智《じんち》を越えた存在になったんだ、畸形《きけい》的にね。安倍川《あべかわ》に感謝すべきか、呪《のろ》うべきか。いや、こんなことを言って申し訳ない。でも、僕はそう思うよ」

「宮坂さんは、あの人に私の伝言を言ったんですか」

私が『死んじゃえって』と叫んだことだった。宮坂は唇を舐《な》めた。白いシャツの脇《わき》の下に円形の汗染みが広がっていた。

「言ったよ。安倍川はショックを受けて茫然《ぼうぜん》としていた。あいつはあなたのことをとても気にしているよ。恋人みたいにね。あなたが自分を悪く思っているなんて、想像だにしていないんだ。想像力の欠如というより、あなたを信頼しているみたいでもある」

宮坂は熱気を感じさせる目で笑った。私は宮坂から立ち上る感情を持て余して目を背ける。団地の人たちみたいに他人事《ひとごと》と思うのでもなく、沢登のようにケンジに激しい怒りを感じている訳でもない。宮坂にはケンジに共通した快楽があり、私に通底した好奇心があった。私とケンジを繋《つな》ぐ者が、この宮坂だったのかもしれない。とすれば、私とケンジに起きたことの本当の理解者が宮坂なのだ。

「何があったの。景子ちゃん、頼むから教えてくれないかな」

宮坂が私を追い詰める。私は俯《うつむ》いて黙り込んだ。

「あなたとケンジの間には何か感情の交流がある。それは間違いない。だって、一人の男と一人の少女が一年間一緒に暮らしてごらんなさい。きっと何か生まれるでしょう。犬や猫を飼ったって、交流はあるんだから」

みゃーお。私は突然、ケンジが猫の鳴き声を真似《まね》していたことを思い出した。私はケンジの猫であり、四年一組の同級生であり、性的対象であり、理解者でもあった。

ということは、逆もまた真実だったのだろうか。つまり、私はケンジの理解者であることを求められたのかもしれない。

「ところで、工場の裏で発見された女性の死体だけど」

宮坂がテーブルの上に置いた書類を広げた。中に添付されたモノクロ写真がちらりと見えた。地中から掘り出されたばかりの白骨死体の写真だった。私は慌《あわ》てて顔を背けた。宮坂は隠すように書類を閉じたが、もしかすると私に見せるために開いたのかもしれないと私は思った。

「まだ特定はされていないけど、かなりいい線までいった。おそらく、二年前に失踪《しっそう》したフィリピン人だと思う。K市の『コパカバーナ』というクラブにいたホステス嬢。荷物を置いたまま突然いなくなったが、そんなことはよくあることだと放ったらかしにされていた。年格好背格好、間違いなさそうだ。今、歯型をフィリピンで照合しています」

「何て名前の人ですか」

「聞いたってしょうがないでしょう」宮坂は意地悪く言った。「みっちゃんじゃないことは確かだよ」

「でも、聞きたいです」

「アナ・マリア・ロペス。源氏名はプッシーちゃん。源氏名って知ってる?」

「知ってます。で、ヤタベさんはどうなんですか」

「見付からない。今、聾唖者《ろうあしや》の元ヤクザを当たっているらしい。何人かは候補がいるから、いずれ絞れると捜査本部は言ってるよ。そのこと、前にも聞いてたね。景子ちゃん。ヤタベさんのこと、そんなに気にかかる?」

私は素知らぬ顔で首を振った。その夜の私の夢が、違う展開を得るであろうという確信を持って。夜になるのが待ち切れないほど、私は夢が新しい芽を出すのが楽しみでならなかった。


「みゃーお」

さっきから、どこかで子猫の鳴き声がする。ケンジは路地をあちこち覗いて、子猫の姿を探している。けばけばしいネオンの暗がりに蹲《うずくま》っているのだろうか。みゃーお、みゃーお。あえかで可愛《かわい》い子猫ちゃん。たった一匹ではぐれたんだね、可哀相。ケンジは必死に猫の姿を探す。自分一人でこっそり可愛がることのできる猫は大好きだ。

路地のどん詰まりにいたのは、子猫ではなく背の低い若い女だった。ぴったりした化繊の花柄ドレス。ドレスはつるつるした素材で出来ていて、パンツが見えそうなくらい短い。ケンジは屈《かが》んで猫を探す振りをし、女の太股《ふともも》の付け根を覗く。目を上げると女と目が合ったので、誤魔化すために聞いてみた。

「猫見なかった？　今、声がしたんだけど」

みゃーお。女が微笑《ほほえ》みながら鳴き声を上げた。ケンジは笑う。

「何だ、真似してたんだ。うめえなあ」

「あちし、プッシーキャットちゃんでえす」

女は奇妙なアクセントで言った。色黒で鼻ぺちゃで愛想のいいフィリピン人。ケンジに白い歯を見せて笑いかけた。ケンジは若い女と話したことがない。照れて横を向くと、女は馴《な》れ馴《な》れしくケンジの腕に細い腕を絡《から》めてきた。

「しゃっちょさん、あそぼ」

「みゃーお」

ケンジが応《こた》えると女はもっとうまい鳴き声を出す。

「みゃお、みゃお、みゃーお」

マリアはケンジの後を追って照明の消えた工場の中をひたひた歩き、軋《きし》む階段を上り、部屋までやって来た。花柄の服を着たマリアが立っているだけで、汚い部屋が華やかになる。ケンジは目を細めてマリアを見た。みゃーお。ケンジと視線が合うと、マリアは反射的に猫の鳴き声を真似する。小さな可愛い声で、媚《こ》びた仕種《しぐさ》で。マリアは声も体付きも性格も猫にそっくりだ。でも、自分は飢えている子猫を拾った方が良かった、とケンジは思う。なぜなら、猫は意味ありげなことをして自分を迷わせない。

「あそぼ、しゃっちょさん」

ケンジはどうしたらマリアと遊べるのかがわからない。ケンジがいつまでも古ぼけた畳の上に突っ立って俯いているので、マリアは下から顔を覗き込んで指を二本差し出した。

「あそぼ。にまんえん、にまんえん」

二万円出さなくては承知しないらしい。ケンジは困ってポケットを探る。下宿代と食費とで社長に毎月六万円は取られている。他にも、電気代や光熱費、保険料などいろいろな名目で天引きされているので、ケンジが貰う給料はたったの四万円だ。それも腹が減るので菓子パンやラーメンなどの間食代に消えるし、たまにはパチンコもするから、現金はあっという間に消えてなくなる。今だって、ポケットの中には三千円しかなかった。

「金ないよ」

「じゃ、いちまんえん」

ケンジはポケットを引っ繰り返して千円札を三枚見せる。マリアは大袈裟《おおげさ》に肩を竦《すく》めて、悲しそうな顔になった。

「みゃーお。おかねないの、こまたねえ。かねなかたら、プッシーちゃんとあそべないよ。どする。どする」

どうする。ケンジが一番困るのは、考えて決定することだ。ケンジは部屋の中を歩き回った。マリアは部屋の真ん中で仁王立ちになり、ケンジを責めるように上目遣いで眺めている。

「たれかにおかねかしてもらたら」

マリアは、外に行け、と言うようにケンジの背中を押した。掌《てのひら》の細い骨。弱い力。猫みたい。ケンジは嬉《うれ》しくなって、わざと渋る振りをした。そうすれば、マリアがもっと背中を押してくれるから。ケンジはにやにや笑いながら廊下に押し出された。マリアが部屋の中から手を振った。

「まてるよ。みゃーお」

ケンジはヤタベさんに金を借りようと決心する。ヤタベさんはさっきパチンコ屋で見かけたが、帰って来た音が聞こえない。きっと近所の赤提灯《あかちょうちん》で飲んでいるに違いない。ケンジは工場の前の暗い坂道を駆けた。坂を百メートルほど上ると、対向一車線の狭い国道に突き当たる。国道を右に曲がったところに、小さな飲み屋や安スナックが固まっている場所があった。ヤタベさんは大概その飲み屋で酒を飲んでいる。

ケンジは作業ズボンのポケットに両手を入れて国道を走った。何だかわからないけど、気持ちが焦《あせ》っていた。暴走族の車が数台、けたたましいクラクションを鳴らし合い、猛スピードでケンジの横を擦り抜けて行く。きっとあいつらも同じような気持ちになっているのだろうと、ケンジは遠のいていく赤いテールランプを目で追った。突っ走って、どこかに行ってしまいたいような焦り。逃げ惑う生き物を追い回す猛々《たけだけ》しい気分。

薄汚い縄のれんの向こうに、だらしなく腰掛けたヤタベさんの姿が見えた。工場で穿《は》いている作業ズボンに色褪《あ》せた臙脂色《えんじいろ》のポロシャツ。禿上《はげあ》がった額が脂《あぶら》でてらてらと光っている。煙草《たばこ》のヤニ臭い、ずんぐりした体軀《たいく》。ヤタベさんは干した鰯《いわし》をつまみに焼酎《しょうちゅう》を飲んでいた。固い鰯をつまみ上げる左手の指はいつも注意深く内側に折り曲げられている。ヤタベさんの左の小指の先が欠損しているのをケンジが知ったのは、最近のことだった。社長の奥さんの話では、小指の先を切るのは、ヤクザの責任の取り方だということだった。『肚《はら》が据わっている』と奥さんは感心していたが、ケンジは痛かっただろうな、と思うだけだ。

ヤタべさんが熱心に見ているのは、棚に取り付けられた小さなテレビに映るナイター中継だ。ヤタべさんは巨人ファンで、巨人戦はどんなことがあっても見逃さない。スポーツ新聞も好きで、工場でも暇さえあれば始終読み耽っている。だが、ケンジは野球があまり好きではない。子供の頃に一度もしなかった。北海道という雪深いところで育ったせいでもあるし、施設が山の中にあったので、野球ができるような平たい広場がなかったこともある。しかし、小学校の校庭では、夏は暗くなるまでクラスの男子が夢中になって野球をしていた。

昔を思い出したケンジは、「畜生」と呟《つぶや》いた。友達は誰もケンジを仲間に入れてくれなかった。ばかりか、ケンジがグランドの端に立って羨《うらや》ましそうに眺めていると、わざと白球をぶつけてきたりしたものだ。友達はケンジが鈍くさいから仲間外れにしたのだ。施設の上級生たちもそうだった。だから、俺は火を付けてやったんだ。ケンジはヤタべさんがふかす煙草の火を見つめる。カウンターの中に立って、透明の酒を飲んでいた店の親父《おやじ》が、ちらりとケンジを見遣《みや》り、気味悪そうな表情を浮かべた。

ケンジは無言でヤタべさんの前に立った。ヤタべさんは相手の唇を読んで会話するから、正面に立たないと会話できない。工場では機械の前で作業しているので、ヤタべさんの正面に立つのは至難の業だ。ケンジはヤタべさんに用がある時は、ヤタべさ

ん の背中を叩《たた》いて注意を向けて貰うようにしている。だが、ヤタベさんは意地悪で、気付かない振りをする。そして、面倒な仕事を避けるために、全く通じない顔をしてみせたりもする。なのに、社長には愛想良く、すぐに振り向いて笑いかけるのだ。

「ヤタベさん、一万円貸してください」

ヤタベさんはケンジの唇を凝視した後、空気を何度も嚙《か》むようにして声を発した。

「バ、バッカヤロー」

ヤタベさんは発音がうまくないだけで、話すことはできる。でも、時々音にならなかったり、伝わらないこともある。そういう時のヤタベさんは、やたらと手が先に出るから要注意だ。ケンジは、ヤタベさんに理由もわからないままに殴られることが何度もあった。しかし、今夜は巨人が大量リードしているためか、ヤタベさんの機嫌はとても良かった。ヤタベさんはケンジにバカヤローと言って、傍らにあるメモ用紙にボールペンで何か書いた。ヤタベさんは野卑で下品な癖に、意外に磊落《らいらく》でうまい字を書く。そのため、喋《しゃべ》ることもできるが筆談の方をより好むのだった。皆が感心するからだ。

『金はなににつかうんだ』

メモをケンジが読んでいる間、ヤタベさんはケンジを指さしてから、先のない小指を振りかざして店の親父に笑いかけた。小指が女を意味することをケンジは知らない。親父はヤタベさんを相手にせず、巨人のバッターから目を離そうとしなかった。

「ここで打てなきゃ男じゃねえよ」

親父はヤタベさんを無視してケンジに同意を求めた。ヤタベさんには聞こえないことを嘲笑《ちょうしょう》しているみたいで、ケンジはこんな時にどういう顔をしていいのかわからない。おろおろしていると、ヤタベさんがもどかしそうにまたメモに書きなぐった。

『女？』

思わず頷《うなず》いてしまった。ヤタベさんはにやりとして、今度は言葉を口に出した。

「バ、バッカ。おめえ、値切れ。ど、どおせ、そのへんのスベタだろ」

口下手なケンジはマリアという女をうまく説明することができず、困って店の中を見回した。煤《すす》けた店の壁に貼《は》ってある「ホルモン」だの「たこ酢」だのの字が読めた。

「利子払うなら貸すど」

喋っているうちに口舌が滑らかになったヤタベさんは、すんなり言って作業服のポケットから皺《しわ》くちゃの万札を投げて寄越した。更に、「念のためだ」と、メモ用紙に借用証を書いた。それには、給料日には二倍にして返せ、というようなことが書いてあったらしいが、漢字が多いのでケンジにはよく理解できなかった。ヤタベさんはその紙に勝手にケンジの名を書いた。

「阿漕《あこぎ》だね」

親父がヤタベさんに呆《あき》れたように苦笑したが、ともかく一万円は手に入ったのだ。

ケンジは店を出て、国道をひた走り、部屋に駆け戻った。マリアはまだいるだろうか。

子供の頃、登校途中で子猫が二匹入った段ボール箱を見付けたことがあった。地元の子供たちに蛍川と呼ばれている小さな川沿いの道だった。蛍川は増水していたから、多分、春先のことで雪解け水が流れていたのだろう。ケンジは子猫が川に落ちないように、箱をなるべく川から離してやった。そして、給食の残りを持って来てやろうと思った。自分がいなくては、猫たちは死んでしまう。庇護する快楽。だが、放課後、急いで見に行ったのに箱は消えていた。そう、あの時の気持ちに似ている。まだいるだろうか。どこにも行かないだろうか。川に流されていないだろうか。何が不安で、何が楽しみなのかわからないまま、ケンジは真っ暗な工場の扉を見た。

「ただいまー」

ケンジは息せき切って、ドアを開けた。三和土《たたき》の上に脱ぎ捨てられた白い厚底サンダルが目に入った。小さなサンダルには、黒い指の痕《あと》が付いている。良かった、まだいた。笑いが洩《も》れる。ベッドに横たわったマリアが横目でケンジを見た。面倒臭そうに起き上がったが、前よりも不機嫌に見えるのはなぜだろうか。マリアが髪の毛を払い除けて言った。

「テレビどしてない。テレビないのビンボー」

「金持って来たよ」

マリアが貰って当然という風に手を出した。手首に細い金の鎖を付けている。社長と同じだ、とケンジは妙なことを連想する。

「にまんえん、ていたよ」

万札を摑《つか》んだまま、ケンジは青くなった。さっきは一万円でもいい、と言ったのに。

「一万円じゃないの」

「ながくながくまてたよ。テレビないからつまらなくてしにそーだた」

「ごめん。ヤタベさんに借りに行ってたから」

「まあいいよ」

マリアはもう「みゃーお」とは鳴かない。仏頂面《ぶっちょうづら》で服を脱ぎ始める。花柄のドレスの下は青と黄色のチェックの下着だけ。アイドルが着ている水着みたいな下着だった。ケンジは何をしていいのかわからなくて、ベッドの横に突っ立っている。マリアが投げやりに素裸になって、どさっとベッドに仰向《あおむ》けになった。たちまち、ケンジは股間《こかん》を押さえた。急いで作業ズボンの前を開け、爪の間に黒い汚れが詰まった指でペニスを摑み出す。自慰。壁の穴の向こうでは、急ぎ帰ったヤタベさんが弾む息を押さえて、覗いている。

私は悲鳴を上げそうになり、慌てて口に手を当てた。私の毒の夢が行き着いた先は、男たちの性だということにようやく思い至ったからだった。幾夜も想像に想像を重ね、修正し、緻密《ちみつ》に構築していった私の夢の世界の涯《はて》は、成人の男たちの性的な妄想の沼であることが衝撃だったのだ。男の欲望の奇怪さ。私はそのことをつぶさに体験したはずだった。いや、欲望の犠牲になった。だが、十二歳の私は、性を知識では知っていても、ケンジに目で汚《けが》されても、自由を奪われても、ヤタベさんの覗きを知っていても、男の性というものだけは到底理解できなかった。認識はできても、十歳の女の子を拉致《らち》するほどの欲望が存在すること自体が、私には想像を絶するものだった。ケンジという男の欲望が、私を根底から変え、取り返しのつかない精神的な屈辱を与え、私の家族を崩壊させた。なのに、その中身を想像することができない。

私のこの時の衝撃は敗北感に近い。私はもうこれ以上、毒の夢を育てられないと観念した。限界を感じた私はとうとう本物の絶望がやってきたことを知った。これから、どうしたらいいのだろうか。途方に暮れた私は、暗闇《くらやみ》の中で目を見開き、しばらく堪えていた。だが、嗚咽《おえつ》がこみ上げてきた。私は布団《ふとん》の中で啜《すす》り泣いた。隣で寝息を立てていた母が目を覚まし、慌てた様子で私の布団をそっと叩いた。

「どうしたの。景子ちゃん」

「何でもない」私は泣きながら首を振った。

「悪い夢でも見たの」

「お母さん、怖い。どうしたんだろう、今頃。あたし、怖いよ」

「早く忘れることよ、景子ちゃん。忘れるの」

母は幼い子供にするように私を強く抱き締め、泣きやまない私の背中を撫《な》でた。ワスレル、ワスレル。呪文《じゅもん》。繰り返される無意味な言葉。忘れることなんかできないことは誰もがわかっている。だが、忘れようとすることで忘れられると信じる心を育てろというのだ。

「お母さん、どうやったら忘れるの」

「新しい経験をすればいいの。そうすれば、昔のことなんか忘れちゃう」

母は引っ越して離婚し、保険外交の仕事を得てからは生き生きしていた。母を真似て、新しい事実を上書きして生きていくしかないのかもしれない。やってみなくては。

束《つか》の間《ま》の安心を得て、私は目を閉じた。私は想像の植物を育てるのをやめにして、無邪気な「子供」に戻ることにした。と同時に、私は自分の複雑な子供時代がこの夜で本当に終わりを告げたことを感じていた。そう、私は老人でもなければ、子供でもない、性的な人間に生まれ変わったのだった。

私は三十五歳の今でも処女だ。同性愛者ではないが、男と恋愛したいと思わない。ましてや性的関係を持ちたいと願ったことも一度とてない。恋人同士の世界に思いを巡らすこともない。私はきっと、他人と関係を持ったり、性行為そのものも厭《いと》う、潔癖症なのだろう。しかし、私は性的人間である。常に、ケンジの性的妄想とは何か、という問いを生きているからだ。私は一生その問いから逃れることができないだろう。他人の性的妄想を想像すること。それが性的人間であるということだ。

ケンジの奇怪さ。みっちゃんという人物を作り上げ、みっちゃんと自分の関係性の中にのみ生きたケンジ。もしかするとケンジは、自身とヤタべさんとみっちゃんという三角形の頂点で幸福に生きていた男かもしれないのだ。私は、表面はごく普通の中学生の振りをしながら、ケンジのことをずっと考え続けていた。

かくして私は夜の夢を捨てたのだが、その途端、不思議なことが起きた。あの事件のフラッシュバックや連想に悩まされることになったのである。例えば、工事現場を通りかかった時、ケンジの工場の轟音《ごうおん》が蘇《よみがえ》る。夜中に私の耳許《みみもと》でケンジの寝息が聞こえてくる。また、中学三年の時、体育の授業が終わって教室に戻ったら、吐き気を催したり、と。教室で着替えていた男子の体臭が、ケンジの臭いにそっくりだったからだ。私は笹木が予言した通り、後になって出現した心的外傷後ストレス障害（PTSD）にしばらく悩まされた。それも密《ひそ》かに、誰にも知られず。しかし、フラッシュバックや連想など、私の内面の変化と比べれば、そうたいしたことではなかった。何度も言うが、私は事件を契機にして、ただの女の子から性的人間に変化を遂げた。それは私が近い将来、図らずも小説家という仕事を得る萌芽《ほうが》ではあったのだから。

中学三年になったばかりの四月初め、宮坂から母に電話があった。ケンジの第一審が結審したという報告だった。裁判には、毎回、離婚後も父が出廷していた。父も母も証人喚問を受けたが、私は一度も証人喚問をされていない。警察の事情聴取も、入院中に何度か行われたのみで、私の回復を待ってから、という名目のために私が何も語らないままになっていたのだ。そのために、宮坂が何度か訪問してきた。

だが、大きな変化があった。公判中にケンジがアナ・マリア・ロペスという十九歳のフィリピン女性を扼殺《やくさつ》した事実を認めたのだ。ケンジは私と同じく、夜の街でロペスに声をかけ、部屋に来たロペスが言うことを聞かないという理由で殺したと証言した。それが新聞で大きく報道されたため、私の誘拐監禁事件はむしろ瑣末《さまつ》なことになった。

世間の関心が私から逸《そ》れたことは有り難かったが、私にはケンジが殺人を認めたことが意外だった。あの交換日記には「びょう気で死んだ」とあったのに。しかし、私はそれを誰にも伝えることはないだろう。永遠の秘密。ケンジとの交歓を一切洩らさないことが私の復讐《ふくしゅう》なのだ。哀れなフィリピン女性がどのように死んだのか、それさえも私は両耳を押さえて聞くのをやめようとした。ケンジと真実に死を。おそらく、その思いは私の夜の夢の死と連動していた。

精神鑑定の結果、十分な責任能力があると判断されたケンジは、宮坂によって死刑を求刑された。罪状は、殺人、死体遺棄、未成年者略取誘拐、逮捕監禁の牽連罪《けんれんざい》などである。判決は無期懲役だった。しかし、ロペスがなぜケンジと関わったのか、ということや、「みっちゃん」とは誰か、という謎《なぞ》について、ケンジは決して口を割ろうとしなかった。宮坂の論告求刑では、「みっちゃん」は実在しない、ケンジの一人芝居だ、と断じていた。

「そうですか。ありがとうございます。でも、死刑じゃなかったんですね。無期懲役なら、どうせ十年くらいで出てくるんでしょう」

母は涙を流し、喜んだり、悔しがったりしたが、一件落着した安堵《あんど》の表情を私は見逃さなかった。母は、私に向かって受話器を差し出した。

「宮坂さんが、あなたに話があるって」

電話を代わった私に、宮坂は挨拶《あいさつ》もせずにこう言った。

「景子ちゃん、結審したからもう大丈夫だよ」

「何が大丈夫なんですか」

「喋ってくださいよ」

私は宮坂の執拗《しつよう》さに呆れ、怯《おび》えた。

「何をですか」

「安倍川は字が書けたんでしょう。あの教科書にあった『おおたみちこ』の署名は、誰のものか、とうとうわからず仕舞いでした。僕は安倍川自身の筆跡だと考えています。みっちゃんは、安倍川自身です」

それならそれでいいではないか。私は、再び頭をもたげてきそうな夜の夢を、心の裡《うち》で必死に抑えていた。

「じゃ、そうなんじゃないですか。悪いけど、私は考えたくないから」

宮坂は疑わしそうに言った。

「ああ、そうなのか。大人になったたね」

世間的な意味ではその通りだったかもしれない。しかし、私は性的人間である。私はその秘密を宮坂に勘付かれないように振る舞った。

「もう四年前のことだから」

「そうだね。長い裁判だったよ。ところで、安倍川は控訴しないと言ってます」

私はケンジの顔を想像していた。眉《まゆ》の開いたとぼけた顔。ケンジは、法廷に引き出される度に傍聴席を見回し、私を探したことだろう。

「何か伝えることはありませんか」

私は以前、感情のままに叫んだ言葉を思い出した。『死んじゃえって』。しかし、私はすでに、夜の夢を捨てた。ケンジの性的妄想を想像し得なかった幼い私にとって、夜の夢を紡《つむ》ぐことは限界に達していた。夜の夢は物語だったからだ。性的妄想は、更にケンジという人間の中身を考えることだ。表向きは平凡な中学生として暮らしている私は、一層、複雑さを増していた。

「前に、死んじゃえって言いましたけど、あれは撤回します」

「どうして」

「言い過ぎました。生きて、罪を償ってくださいって言っていただけますか」

一瞬、間があった。宮坂は厳《おごそ》かな声で「わかりました」と電話を切ったが、その後で冷笑を浮かべるだろう、と私は直感した。なぜ宮坂が冷笑するのか、その理由はわからなかったが、人並みの感覚を持つ中学生になった私を、宮坂は退屈に思ったに違いないと解釈したのだった。

ケンジの刑も確定し、私も母も何となく落ち着きを取り戻した。裁判中は取材の申し込みなど、世間から無縁ではいられず、それなりに気を配って暮らしてきた。皮肉なことに、母を裏切った父が再婚に際してのスキャンダルで、私と母を守ってくれたのだった。世間の耳目は、傷付いた私より、父が狂わせた人生の方に向かった。だから、私と母は身を屈めて、人々の関心が薄れていくのを待っていれば良かった。

安穏な時間が淡々と過ぎていく。私は母と仲良くL市で暮らした。母の収入は多くはなかったが、誰にも覗き見されない生活は快適だった。私はたいした受験勉強もせずに、L市内にある都立高校に進学した。進学校というほどではなく、劣等生もいないほどほどの高校。そこでは友人も出来た。友人たちは誰も、私が全国的に有名になった少女誘拐監禁事件の被害者と気付きもしなかった。

M市の団地暮らし、K市の雑駁《ざっぱく》な街並み、父、そしてケンジ。すべてが遠くなっていく。母の言う、『新しい経験をすればいいの。そうすれば、昔のことなんか忘れちゃう』という言葉も、まんざら嘘《うそ》ではないと私は思い始めていた。夜の夢は死に絶え、性的妄想も仮死状態だった。だが、それは束の間の平安でしかなかった。

5

高校のクラスメートに酒井久美子がいた。久美子は色白でぽっちゃりし、胴体が太いのに手足が子供みたいに短くて小さい、やや畸形《きけい》的な体型をしていた。美術部に属し、美大の油絵科を目指している、と語った後、久美子は私に聞いた。

「あなたは何をしたいの」

私は考える真似《まね》をしたが、特に何になりたいという希望もなく、漠然と大学には行けないだろうと考えていた。母の収入では、進学は難しかった。しかし、久美子のように、行きたい学校ややりたいことが明確で、経済的にも恵まれている生徒が羨《うらや》ましいと思っていた訳ではない。将来に対する希望が進学という形で実を結ぶことが、ごく当たり前と信じて疑わない生徒の存在が眩《まぶ》しかった。級友から見れば、私はおそらく、摑《つか》み所のない不思議な雰囲気を持った生徒だったのだろう。

「さあ。取り立てて何をしたいと思わないし、何になれるのかもわからない。ただはっきりしてるのは、高校を出たら働くだろうということかな」

「就職するの？」久美子は意外な顔をした。「どうして」

「だって、うちは母子家庭だから、お金ないもの」

「どんな会社に就職するの」

「考えたこともないわ」

「じゃ、バイトして貯《た》めればいいじゃない」

確かに、母の負担を減らしてもいいかもしれない。私自身は進学しなくて良くても、母は傷付くだろうから。すると、久美子が声を潜めた。

「実はいいバイト先があるのよ。ただし、誰にもできる訳じゃないし、誰でもいい訳じゃないの。かといってその人に向いてても、その人がやるとも限らないし」

あまりにも謎《なぞ》めいた言い方に私は噴き出した。

「あなたが何を言ってるのか、私にはさっぱりわからない」

久美子は私の手を取り、廊下の隅に引っ張って行った。

「ちょっとやばい話なのよ。学校には内緒よ。実はデッサンの裸体モデルなの。あたしは週に一回やってるんだけど、いいお金になるわよ」

私は驚いて久美子の全身を眺めた。太い胴体に細い手足。久美子が全裸で立っているところを想像すると、私の中の何かが蠢《うごめ》く気配がした。ケンジは、私の体を見て自慰をした。久しぶりに、私の性的妄想が起動する予感がした。それは夜の夢を完成させるだろうか。

「見に来る？」

「行こうかな」

「いいわよ。その代わり、あなたはモデル志望ということにしてよ。見学者も断るくらいだから」

こうして、私は久美子が時々モデルを務めるというデッサン教室に見物に行くことになった。


デッサン教室は、L市の隣に位置する埼玉県のP市にあった。土曜の夕方、私と久美子は高校から自転車に乗って行った。駅からかなり距離のある住宅街の中に、全体が小豆色に塗られ、いかにも絵画教室然としている平屋の建物があった。木製看板には「アーチスト研究所」という名称が書かれていた。午前中は主婦の彫刻と油絵教室、昼間は子供の絵画教室、土曜の午後と夜は自称美術愛好者の塾になるのだという。久美子はドアを開けた。広い三和土《たたき》に、男の靴が脱ぎ捨てられていた。

「今日はプロのめぐみさんていう人が来てる。めぐみさんは人気があるから、生徒さんが割と来てると思う」

裸体モデルが来るのは、曜日が決められているのだそうだ。久美子は、板敷きの床をビニールのスリッパの音を立てながら、私を先導した。廊下には児童の絵や、主婦の下手糞《へたくそ》な彫刻などが飾られていた。

「この教室をやってるのはね、芸大の油絵科を出た先生なの。夜の部は、勤めている素人《しろうと》絵描きが多く来てる」

「あなたの行ってる絵画塾って、ここなの」

私の問いに、久美子は肩を竦《すく》めた。

「あたしはこんなとこに来ないわよ。あたしは水道橋まで行ってるもの。ここでバイトして、そのお金で授業料払うのよ。ここは学生は来ないから大丈夫よ」

同じ年頃の学生に裸体を晒《さら》け出すのはきっと嫌なのだろう、と私は想像した。久美子は、突き当たりの観音扉の右側のノブを回した。白熱球に照らし出された部屋は熱気を孕《はら》んでいた。二十畳くらいの大きな部屋で、中央の丸い台に眩しいほどの白い裸体。若い女が蹲《うずくま》って背を丸めていた。痩《や》せた背中に背骨がくっきりと浮き上がり、脂《あぶら》気《け》のない髪が肩のところで広がっていた。うつむいているために顔は見えなかったが、長い手足が美しかった。その周囲を、七、八人の大人が囲んで熱心にデッサンしている。四人が男、そのうち三人が中年もしくは老年。残り一人は若い画学生風だった。三人の女性は主婦らしい。

「この方ですか」

背後から声がして、私は振り向いた。髪を異様に明るい茶に染めた老女が立っていた。

「こちらがこの教室を主宰している村松先生」

村松は久美子の丸い肩に手を置いて、にこりともせずに私に頷《うなず》いてみせた。私はモデルを正面から見つめた。全裸の成人女性。長い足を折り曲げて、物憂《ものう》そうに首を傾《かし》げている。脚の間に陰毛が見えた。デッサンする人間の視線が矢のように刺さる肉体。私はモデルから目を離すことができなかった。モデルが静かな目で私を見返す。村松は私が引き受けるものと思っているようだ。

「初めてだったら、ご心配でしょうから、ご紹介しましょう。最初に男の生徒さんから。あちらは中学の美術の先生、次の方が商店街にある酒屋さんのご主人、日本画をなさるのよ。その横が会社員の方、最後の方が小学校で用務員をされている人。あの方は始めたばかりなんだけど、お上手なのよ」

用務員と紹介された初老の男が、村松のところにやって来た。スケッチブックを見せて、笑いかけた。『立像に変えて貰《もら》ってもいいですか』。達筆だった。

「この方、耳がご不自由なのよ」

私は衝撃を受けて、男を見つめていた。ヤタべさんではないか。夜の夢が再開した日の始まりだった。

私は蒼白《そうはく》になって部屋から出、薄暗い廊下で呼吸を整えた。観音扉の向こう、デッサン室に「ヤタべさん」がいる。妄想とは思えなかった。工場の社長夫妻、近所の人々の証言によるヤタべ像に似ていただけではない。私は夜の夢を紡《つむ》ぐことによって、勘の鋭さを身に付けつつあった。嘘《うそ》ではない。小説家になってから、私の直感は一度として外れたことがないのだ。想像とは、現実の中にある芯《しん》を探り当てた瞬間から始まる。現実という土壌なくして、想像がそれのみで芽吹くことはあり得ない。

ヤタべさんと思《おぼ》しき男は、私の夜の想像と同じ姿形をしていた。ずんぐりした禿《はげ》頭《あたま》。しかし、表情は違う。決して陰険ではなく、人を誑《たぶら》かす開放的な明るい顔。老眼鏡のせいで大きく見える細い目は人懐《ひとなつ》こい。あの目が、夜な夜な穴から私を覗《のぞ》いていた。あの目が、囚《とら》われた私を見て喜んでいた。

「どうしたの。見慣れないからショック受けたの」

後を追って来た久美子が心配そうに尋ねたが、私は適当に頷いて先に表に出た。初夏の黄昏《たそがれ》の空気が冷たく、肌寒いほどだった。私の心のように、住宅街の木々の葉がざわざわと揺れる。ほどなく、久美子が現れた。私たちは並んで自転車を走らせた。

「あなたが突然出て行ったので、みんなびっくりしてたわ」

「ごめん。私にはやはり無理かな、と思っただけなの。あの耳の聞こえない人はどこの小学校に勤めているのかしら」

「ああ、タナベさんね。タナベさんはこの市のどこかの小学校よ。聞いたけど忘れちゃった。あの人は、前から絵を勉強したかったそうよ。デッサンなんか玄人《くろうと》はだしだって評判よ」

ヤタベとタナベ。相似に私は興奮した。

「いつ頃から」

「さあ」久美子は長い髪を風になぶられながら考え込んだ。「最近じゃないかな。あたしは中学まであの先生に教わってたけど、前は見かけなかったもの」

「タナベさんて、左手の小指の先ある?」

久美子は、タナベに対する私の異様な執着を気味悪く思ったのか、「知らない」と即座に答えた。そして、デッサンのモデルを紹介したことを後悔し始めたらしく、唇をきつく引き結んだ。

「島田さん、言っておくけど、うちの親に今日のこと言わないでね」

「わかってる。言わないわ」

「誰にもよ」

久美子はおそらく、男たちの視線を浴びて裸になるのが好きなのだ。私は徐々に暮れゆく光で、久美子の表情を盗み見た。久美子はその秘密を決して明かすまい、洩《も》らすまいと顔を背けている。久美子はどんな思いでモデル台に立つのだろう。私の内部で、夜の夢、そして男たちの性的妄想への情熱が滾《たぎ》るのを感じた。強制的に男の欲望に晒された私と、自ら晒す久美子。その差は大きいのか。

久美子とは、久美子の家の前で別れた。久美子の家は大きな農家で、宅地販売の他に梨園《なしえん》などを経営する金持ちだった。家は冠木門《かぶきもん》のある古い屋敷で、鬱蒼《うっそう》と茂るケヤキの林の中に藁葺《わらぶ》きの屋敷が建っている。アルバイトをする必要など全くない境遇だった。

久美子とは、それ以来、学校で会ってもあまり話をしなくなった。従って、私のこのノートの中で、酒井久美子という友達の出番はこれきりである。その後、久美子は念願通り、私立の美大に入って大学院まで行き、絵描きになったと聞く。現在は、広大な敷地の一隅に村松と同じような子供の絵画教室を開いているらしい。久美子の果たした役割は大きかった。私の過去を現在に繋《つな》げ、一方的に見られる者の快楽もまた存在することを、私に証明してくれたのだから。監禁されて辱《はずかし》めを受けた私に、全く快楽がなかったと言えるのか。私は再び事件について考え始め、夜の夢を育て上げることにしたのだった。

私は知恵を絞った。P市の教育委員会に電話し、自分の名前と高校名を告げてから、「夏休みの課題に小学校の用務員さんの研究をしたい」と切り出した。小学生並みの研究課題と思ったが、案に相違して、人の好《よ》さそうな公務員はいろいろ調べてくれた。

タナベの名は、埼玉県P市立W小学校臨時職員として登録されていた。W小学校に校務員と呼ばれる用務員は三名、うち二人は女性である。タナベは三年前からの雇用だった。仕事は主に、夜間の当直と校内の施設、樹木、駐車場などの管理という外回りの仕事である。年齢制限の五十歳の枠に入ったということは、現在、五十歳を少し過ぎただけなのだろう。六年前、ヤタベさんはまだ四十代前半か半ばくらいだったということになる。

夏休み、私は意を決してタナベの勤務する小学校に出向いた。グランドでは女子のソフトボールチームが試合をしていた。砂埃《すなぼこり》を避けて花壇の内側を行く。プールからは時折、拡声器を通した教師の声や水音が聞こえる。私は自転車を引いて、タナベの姿を探し歩いた。

タナベは校舎の裏にあるウサギ小屋の掃き掃除をしていた。ウサギの丸い糞《ふん》を箒《ほうき》で掃き出し、ちり取りを構える左手。私は小屋の金網越しに覗き込んだ。小指の先はない。タナベは「ヤタベさん」なのだ。私の直感は正しかった、と思うと手足が震えてきた。タナベはそうとも知らず、私が小学校の卒業生の一人と思ったのか愛想良く笑いかけ、「何か用」と聞いた。発声は多少ぎごちないが、聞き取りやすい。タナベは箒を持ったまま、私の方に歩み寄って来た。

「ヤタベさん。こんにちは」

タナベは、私の発する言葉を唇で読み、強張《こわば》った表情をした。そして、自分の胸を指さして言いにくそうに答えた。

「タ、タナベ。タナベシンイチロウ」

「私のこと、覚えていますか」

「デ、デッサン教室に、来た人でしょう」

「いいえ、もっと昔のことです。あなたはK市にいたヤタベさんでしょう。あなたはケンジと一緒の工場にいたことあるでしょう。安倍川《あべかわ》健治。覚えてないのですか」

ヤタベさんは、目だけ上げて私の唇を読んだ後、首を傾げた。とぼけるつもりなのだ。苛立《いらだ》った私は、自転車の籠《かご》に載せたバッグからノートを取り出して余白に書き付けた。

『私は北村景子。安倍川健治に誘拐された女の子です。あなたはヤタベさんでしょう』

ヤタベさんは、私が突き出した走り書きにさっと目を通し、私の全身を素早く眺めた。目の端に淫楽《いんらく》めいた色が浮かぶ。ヤタベさんが答えを書いた。

『何のことか、さっぱりわからない。人違い』

『とぼけないでください』

『とぼけてない』

『いいえ、誤魔化している』

『してない』

ヤタベさんの字は流麗で、私の字は固く小さい。私たちはノートを奪い合って書いた。次第に熱を帯びてくる。

『あなたはケンジを置いて逃げた。警察も捜していたのに』

『だから、人違い。そこまで言うなら警察に』

ヤタベさんは、その文章の下に怒っている自分の顔をさらさらと描いた。私は戸惑って顔を上げた。ヤタベさんは勝ち誇って私を眺めている。私は不利だった。今更、警察になど行きたくはない。私は無名の高校生として生きる現状に満足していた。それに、ケンジの裁判も終わり、事件は解決しているのだから、私が訴えたところで何にもならないことはわかっていた。ヤタベさんがどういう役回りをしたのかも不明なのだ。ヤタベさんはまた何か書いた。

『あなたは、久美ちゃんと一緒にデッサン教室に来た人でしょう。モデルやりなさいよ。久美ちゃんみたいに綺麗《きれい》な若い体を誇りたいんでしょう』

ヤタベさんの意地悪さに私は意気消沈した。私は人より発育が後れていたから、胸もまだ膨らみ切らず、体が未成熟だった。なのに心は熟している。私は自分の表象が少女であることが重荷でならなかったのだ。ヤタベさんはなおも書いた。

『本当はやりたいんでしょう』

ヤタベさんには悪意があった。私は筆談をやめた。私の唇をヤタベさんが凝視している。その目が私を汚《けが》した。

「いいの。昔モデルみたいなことやってたことあるから。そのこと知ってるでしょう。

だって、あたしは六年前にケンジに誘拐されて、一年間監禁されていたんだもの。あの工場の二階で。昼間はケンジに眺められて、夜はヤタベさんがあたしのこと見ていたでしょう」

ヤタベさんの目にあった淫楽や悪意の余裕が影を潜め、替わって溺《おぼ》れている人が岸を探すような切迫した表情が現れた。ヤタベさんは、ウサギの糞をちり取りに入れて足早に去ろうとした。私はヤタベさんを追いかけた。プールから子供たちの歓声と一斉に水に飛び込む音がした。水泳の休憩時間が終わったのだ、と私はヤタベさんを追いながらも、懐《なつ》かしく思い出していた。プールの授業の記憶は、小学校四年の夏休みで途切れている。失われた小学校五年生。その後の人生は、あの事件のことを考えることで生きてきた。

ヤタベさんは、ウサギの糞をゴミ焼却場に投げ捨て、さっさと校舎の方に歩いて行く。後を追ってどうするのだろう。私の中で、怖《お》じる気持ちも生まれてきていた。ヤタベさんを追い詰めてしまって反対に酷い目に遭ったらどうしようか。が、それでもいいのだ。私は真実を知りたいのだから。

「どこまで付いて来るの」と言いたそうに、ヤタベさんが呆《あき》れ顔で振り向いた。おそらく、子供たちに好かれているであろう明るい笑顔。ヤタベさんは一生懸命に言葉を発した。

「こ、困ったねえ、ご、誤解されちゃって。どうしたらいいんだろうな」

「ヤタベさん、教えてください」私はヤタベさんに向かって叫んだ。「私が来る前に何があったんですか。みっちゃんって誰なんですか。私が助けて、と書いた手紙を捨てたのはヤタベさんですか」

ヤタベさんは、困惑した様子で禿頭を何度も撫《な》でた。白いポロシャツにジーンズ姿の若い男の教師が非常階段を下りて来た。胸に数本のバドミントンのラケットを抱えている。

教師は、血相を変えてヤタベさんに詰め寄る私に驚いたのか、慌《あわ》てて尋ねた。

「どうかしたの」

この男に何かされたのか。去来する疑心と湧《わ》き上がる好奇心。私はかつて他人から大量に浴びたのと同じ好奇心にたじろいだ。放射能のように、私の内部を崩壊させた他人の視線。

「何でもないです」

私の唇を読んだヤタベさんが、勝ち誇って頷く。現実は敗北だった。ヤタベさんが罪を認める訳がない。いや、そもそも罪が存在したのかも不明なのだ。しかし、私の内部にはある確信が生まれていた。その確信は、夜の夢をより毒々しく染め上げるものであるはずだった。

その日、私は宮坂に電話をした。宮坂は私の事件が結審した後、転勤になっていた。年賀状に書いてあった官舎らしき住所は、四国のある市だった。

私が名乗ると、宮坂はいささか驚いた声を上げた。

「久しぶりだね。幾つになったんですか」

知っている癖に、と思ったが、私は高校に進学した旨《むね》を伝えた。宮坂はテレビを消したらしく、急に宮坂の周囲の音が消えてなくなった。

「あなたがどんな女の人になるのか見たい気がする。何しろ、小学校五年生から知ってるんだから」

『生きて、罪を償ってください』と伝言を頼んだ瞬間、あなたは私が凡庸になったと落胆したではないか。私に対する興味を失い、事件そのものも貶《おとし》めた。私はそう思ったが、言わなかった。宮坂は続けた。

「あなたの事件は解決できなくて申し訳なかった。どうしても核心がわからなくてね。僕も真実を知りたかったんだけど、あなたも何も言わないし、安倍川も喋《しゃべ》らない。あんなに困ったことはなかったですよ。安倍川は今、仙台刑務所に収監されてるよ。あなたの伝言は伝えた」

「宮坂さんは、本当は私の事件を愉《たの》しんでいたんじゃないですか」

思わず、私はこう返していた。私とケンジ以外の人間は誰もが愉しんだのだ、その中身を想像して。宮坂は金属めいた声で笑った。

「まさか。なぜそう思ったの。

「私の意見はいつか言うこともあるでしょう。それより宮坂さん、私、今日ヤタベさんに会いました」

「ヤタベに」宮坂は意気込んだ。「どこにいた。あなたはヤタベを見たことがあったの」

「ないです。でも、ヤタベさんに間違いないです」

「確証は」

「ありません。でも、絶対にそうです。間違いないです」

「わかった。僕がM市の警察に連絡してみるから教えてください」

「しないでください。私はもうどうでもいいから」

では何の理由で、宮坂に電話をしたのか。私は混乱していたが、たったひとつの真実だけはわかっていた。ヤタベの発見に対し、宮坂がどう反応するのかが知りたかったのだ。宮坂の真っ当な反応は、私がかつて宮坂にされたと同様、私を落胆させた。「あなた、僕に失望してる？」宮坂は鋭く尋ねた。「そうでしょう。あなたの事件をもう愉しまないから、失望してるんでしょう」

私は電話を切った。

以下は、私のデビュー作『泥のごとく』の下敷きとなったものである。発表時は、当然のことながら、登場人物の名も状況もすべて変えた。誘拐監禁事件の被害者である私の作だと知られないために。

書いた状況を説明すれば、数学の予習をしている時、どうしても解けない数式の下に突如、言葉が現れ出たのだった。それは、瞬《またた》く間に溢《あふ》れ、書くのがもどかしいくらいだった。私は数学のノートを新たに買うはめになり、終《しま》いには数学などどうでもよくなった。私はノートを埋め尽くした物語を清書し、文芸誌に投稿した。誰かに読んでほしいと思ったのではなく、出来上がった物を私の手許《てもと》に置きたくない一心だった。捨てるよりはましだと思ったのだ。が、浄化できたと思ったのはほんの少しの期間だけで、私は再び言葉の奔流に襲われた。そうこうして、私は作家になった。

ここに書かれているのは、ケンジの物語であり、おそらく私に起きたあの出来事の真相でもある。私は直感に支えられた想像を夜毎《よごと》に育て上げているうちに、遂《つい》に事件の芯を捉《とら》まえたのだろう。そして、その毒をすべて吐き出した。書き始めた日は、九月一日の夜中。克明に覚えている理由は、ヤタベさんが夏休み中に小学校を辞めたことを、新学期で顔を合わせた久美子から聞いたせいである。

ケンジはK市の繁華街を当てもなく彷徨《さまよ》っている。八月の夜。蒸し暑い。汗が体中をだらだら伝っていた。昼間に消化仕切れなかった熱気が街に籠《こ》もっていた。ネオンサイン、出迎える女たちの薄いサンドレスと赤い唇。美しいのは夜のみ、という奇妙な街だ。真昼は人気がなく、埃まみれの犬や猫が日陰を選んで歩いているだけなのだ。以前はそんな動物たちを拾って帰ったものだが、ヤタベさんに叱《しか》られるのでやめにした。どういう訳か、犬も猫も弱って死んでしまう。光を奪われて闇《やみ》に閉じ込められると、動物は生命力を失うらしい。

それにしても、今度の指令をどう果たしたらいいのだろうか。ケンジには自信がない。若い女と話す機会などほとんどないから。でも、ヤタベさんは、若い女を連れて来い、それもとびきり若い女を、とケンジに命じた。いや、口に出して言われた訳ではない。ケンジが勝手に解釈しているのだ。ヤタべさんの不機嫌の理由を、そして、ヤタべさんに足りないものを。ケンジはいつもヤタべさんの気持ちを測り、ヤタべさんの口となって替わりに喋ってきた。だから、ヤタべさんが何を考えているか、何が欲しいのか、すぐにわかるようになった。ヤタべさんの欲望と満足、そのことばかり考えて生きてきた。

ケンジは、ヤタべさんの関心が、自分から他の者に移ったことをおぼろげに感じている。自分がヤタべさんと同じ大人の男になったからだ。ヤタべさんは、成長して大きくなったケンジを抱いて寝たくはないのだ。ケンジがヤタべさんに抱かれなくなって、すでに三年経《た》つ。

ケンジは二十二歳。ヤタべさんに拾われた当初、自分はまだ十歳かそこらでしかなかった。北海道の山中にあった施設の火事に乗じて、こっそり逃げ出し、ダム工事の資材置き場に潜り込んだ。腹が空《す》いて町の食堂を眺めているところをヤタべさんに見付けられた。ケンジはヤタべさんに懇願した。施設ではずっと苛《いじ》められていたから、二度と戻りたくない、連れて行ってくれ、と。ヤタべさんは承知してくれたが、もしかすると、自分が炊事場から盗んだマッチで談話室のカーテンに火を付けたことを薄々察しているのかもしれない。その火事で施設は全焼し、一人の教師と三歳の子供が焼け死んだのだった。行方不明になった子供は、自分の他にもう一人いたから、火事がそいつの仕業になればいい、とケンジは思ったものだ。

ヤタベさんはケンジを自分の子供だと偽り、伴ってくれた。飯場から飯場へ。山が飽きたら海辺の町へ、都会から村へ。そして、いつも自分を抱いてひとつの布団《ふとん》で寝た。酔ったヤタベさんが、暗闇の中で何をしたか。幼い頃は、思い出す度に身震いが止まらなかった。その身震いが、屈辱と恍惚《こうこつ》のどちらにも振れる激しいものだということを意識したことはなかったけれども、自分の中にもあるもやもやした得体の知れない衝動に限りなく近い、ということだけはわかっていた。今、自分もそれに振り回されることがある。そんな時は訳もなく叫びたくなったり、動物を殺したくなるのはどうしてだろう。ヤタベさんにも自分にもある、あの器官。あれがヤタベさんに嫌らしいことをさせ、自分を狂わせるのだ。

ヤタベさんは、自分を奴隷《どれい》にして満足するだろうが、自分はされるがままだから不満が残ることもある。本当は、自分も好きなようにやりたい、と密《ひそ》かに思う。ヤタベさんの満足が、自分の不満を掻《か》き立てるのだ。以前の自分は違っていた。ヤタベさんが満足するから、自分がヤタベさんの側にずっといられるのだと思っていた。自分はきっとヤタベさんが好きなのだ。

ヤタべさんは誰にも発見されない隠れ家を探す、天才的勘がある。K市でも、この仕事を見付けた。工場の二階を自由に使える住み込みの勤務。社長夫婦は阿呆《あほう》だから、おめえもへこへこしてろ、とヤタべさんは自分に言った。だから、薄馬鹿《うすばか》の振りをしてこき使われている。奥さんの作る不味《まず》い飯を旨《うま》そうに食う。社長に殴られても歯向かわない。ヤタべさんと自分が自由に暮らすために。

だが、ヤタべさんは、もう寝床に自分を呼ばない。お前は自分の部屋で寝ろ、と命じる。俺の前でオナニーしてみろ、とか、俺のあそこを舐《な》めろ、とか言わなくなった。それればかりか、この半年間は不機嫌で当たり散らしている。今に捨てられるのではないかと恐怖する。悩んだ末の結論が、新しい獲物の調達。それが自分の任務だ。

ヤタべさんには、獲物を欲しがってやまない周期がある。最初は幼かった自分。自分が成長した後は女だった。だけど、女はいつだってうまくいかない。素直じゃないし、すぐにヤタべさんから逃げてどこかに行ってしまう。でも、女を狩らなくてはいけない。

ケンジは、女、女と念じて角を曲がった。しかし、女の調達が簡単でないことはわかっていた。K市の夜の女たちは、ケンジに騙《だま》されるような玉ではない。わざわざ他の街から儲《もう》けにやって来た、金に汚い連中ばかりなのだ。

「オニイサンたち、おみせに来てよ。サービスするよ」

路地を曲がったら、いきなりフィリピンパブの女の子たちに誘われた。新しく出来たばかりの店だ。経営者は金貸しで、料金が高いからケンジもヤタベさんも絶対に入れない店だ。浅黒く、鼻の低い親しみやすい顔が愛想良く笑いかける。細い体をくねらせて踊りながら、男を誘う女たち。だが、女たちはケンジに注意を払わない。後から来る、羽振りの良い工員たちの方に関心を向けている。いかにも金のなさそうなケンジに声をかけてくれる女は、K市の歓楽街でも滅多にいない。

ケンジは、ネオンの陰で爪《つめ》を噛《か》んでいた女と目が合った。フィリピン人。地味な顔立ちで、赤い口紅が似合わない。背は百五十センチもなく、少し寄り目だ。ケンジは女を見下ろして、ヤタベさんの好みに合うかどうか考えている。襟ぐりの大きく開いた黄色いTシャツに、きつそうな白のホットパンツ。小さめの服を着ないと胸の膨らみも腰も目立たないくらい痩せて貧相な体格。夜の街より、子守が似合いそうな女だった。だが、自分に声をかける女はこんな程度だ。女はケンジの視線を感じても、にこりともせずに爪を噛み続けている。ケンジはこっそり女に囁《ささや》いた。

「店じゃなくても会える？」

女は爪を噛むのをやめた。齧《かじ》り取られた半月形の爪が唇に引っかかっていた。

「いいよ、だいじょぶ」

「幾ら」

女は堂々と指を三本出す。ケンジは頷き、店が終わる十二時に迎えに来る約束をした。

女が手を振ったが、ケンジは後ろも見ずに工場の近くにある赤提灯《あかちょうちん》の店に走った。ヤタべさんは作業が終わった後、そこで焼酎《しょうちゅう》を飲んでいるのだ。女が来ることをあらかじめ言っておかないと、酔ったヤタべさんが寝てしまう可能性がある。それに自分の勇気を褒めて貰いたかった。

縄暖簾《なわのれん》をくぐって店に入って来たケンジを認めたヤタべさんは、酔った赤ら顔を背けた。このところ、ずっとそうだ。ヤタべさんは、自分を邪慳《じゃけん》にする。ケンジの胸が痛んだ。昔はいつもにこにこしていて明るかったのに。ヤタべさんは冗談も、人の心を摑むのに長《た》けている。だから、ケンジは余計なことを喋らないでも済む。ヤタべさんと一緒にいると楽だった。しかし、ヤタべさんはここにきて急に、ケンジの性格が気に入らなくなったらしく、碌《ろく》に話もしてくれない。

ケンジはヤタべさんの前に立った。ヤタべさんは枝豆の殻をケンジの胸元に投げたが、ケンジは気にしなかった。枝豆ならまだいい。ヤタベさんは作業中に色々な物を飛ばすのだ。尖《とが》った旋盤屑《くず》を投げて寄越して、ケンジの額を傷付けたこともあるし、ノギスを手の甲に刺したこともある。なぜ苛められるのか、自分にはその理由がわかっている。ヤタベさんは、大きくなったケンジが疎《うと》ましいのだ。「おめ、汚ねえ熊《くま》みてえだな」。子犬が大きくなって可愛《かわい》くなくなったのと同じだ。

ヤタベさんは四十二歳だが、生《は》え際《ぎわ》はかなり後退している。目付きが悪く、利《き》かん気の強い光を放っているので、アル中や敗残者がくだを巻く飲み屋では、ひと際、男振りがいい。ヤタベさんは、女のようにわざと小指を跳ね上げてグラスを持っている。先のない小指が否応《いやおう》なく目に入るように。ヤクザ者と怖《おそ》れられて、誰も逆らわないからだ。現に、工場の社長はヤタベさんに怯《おび》えている。でも、ケンジは保険金目当てでやったことを知っている。

「ヤタベさん、夜いいことあるよ」

ヤタベさんはケンジの唇を読んだが、面倒臭そうに、そこをどけ、という手付きをした。ケンジは必死に言った。

「いいことがあるんだよ。だから、寝ないで待っててよ」

ヤタベさんは、首を傾げる。眉《まゆ》が剣呑《けんのん》に顰《ひそ》められる。何だよ、と顔が問うている。

「楽しみにしててよ。僕からのプレゼントだよ」

ヤタベさんは、大きなケンジが前に立つと鬱陶しいのだろう。テレビが見えない、邪魔だ、とばかりにまたしても手で払い除《の》ける真似をしてみせた。ケンジはとうとう左手の小指を突き出した。男たちがやる下品な符丁。女。ヤタベさんが気取った仕種《しぐさ》で、ポケットからメモ用紙と鉛筆を出した。広告の紙を切って束ねたメモ用紙。ヤタべさんはそこに流れるように達者な字を書いた。

『どういうことだ』

ケンジは書くのが苦手だから喋る。唇を見て理解するヤタべさんが読みやすいようにはっきりと。

「ヤタべさん、今夜、ヤタべさんの部屋に女を連れて行くよ。欲しかったろう」

ヤタべさんはまたメモ用紙に向かった。表情は全く変わらなかった。

『カネはだれがはらう』

ケンジは周囲を見回した。数人の客は、ナイター中継に夢中で、隅の二人には誰も注意を払っていない。店主もカウンターの中で酒を飲みながら、スポーツ新聞に見入っていた。ケンジは腰を屈《かが》めて小声で言った。

「払わないよ。そんなの閉じ込めちゃえばいいだろ」

犬や猫のように。欲しい物や、ずっと一緒にいてほしい物に対して、自分はいつもそうしてきた。ヤタベさんだって、自分を拾って飼ったじゃないか。今度は若い女の番だ、そうだろ。いい考えだと思ったが、ヤタベさんは黙り込んで焼酎を飲んでいる。でも、ケンジには見えている。ヤタベさんの目の底に、淫靡《いんび》な光が射《さ》し込んできたのを。夜明けの光みたいに。これからやって来る新しい愉しみ。またヤタベさんが元のように自分を大事にしてくれるかもしれない。希望。

『そんな簡単にできっか、アホンダラ』

ヤタベさんはそう返事を書いてから、ぷっと噴き出した。嬉《うれ》しそうに足を揺らす。小さなガッツポーズ。やってみるか、という気楽な態度。店主がこちらを向いてにやりとした。ケンジは自慢したくて堪《たま》らない。ヤタベさんてかっこいいだろ。享楽《きょうらく》は、ヤタベさんがいつも周囲に振りまいているオーラだ。飯場でも、飲み屋でも、競輪場でも、ヤタベさんは人気者だった。ケンジも笑った。女にヤタベさんを取られたみたいで悲しかったけれども、ヤタベさんの役に立つなら何でもするし、できると思う。

「おめ、おめえはよ、俺のことナメてねえか」

暗い廊下で、ヤタベさんが甲高い言葉を発した時、ケンジは愕然《がくぜん》とした。どういうことだろう。せっかく、店からこの部屋まで連れて来て、先払いだと怒る女を宥《なだ》めて部屋で待たせているというのに。ヤタべさんは腕組みしたまま、廊下の節穴をサンダル履きの爪先《つまさき》でがっがっと蹴《け》った。節穴にはゴミがいっぱい詰まっている。

「い、幾らなんでもよ、お、俺にだって好みがあんだよ。おめ、女だから誰でもいいってことじゃねえんだ。あれじゃ、そ、その気になんねえよ。不細工じゃねえか。俺は、女の趣味はちょっとうるせえんだよ。そうだろ」

「俺のしたことが馬鹿だったたってこと?」

傷付きながら、ケンジはやっとの思いで抗弁した。ヤタべさんは、ケンジの肩をぽんと叩《たた》いた。お前が好きにしろ、という意味だとケンジは悟った。ヤタべさんは笑いを浮かべて自分の部屋に入って行った。廊下に取り残されたケンジの前で、いきなりドアが開いた。

「おかねはらって」

女が肩を怒らせて抗議する。膨らみのないTシャツの胸に斜めに掛けられたポシェットを見つめているうちにケンジは腹が立ってきた。

「やらないなら、それでいい。でも、いちまんえん」

女がケンジの前に小さな手を差し出す。ケンジは薙《な》ぎ払った。気が付いたら、女は廊下に倒れて頰を押さえて泣いていた。ケーサツ、ケーサツと呟《つぶや》いている。ヤタベさんは聞こえないので現れない。ケンジは廊下を見回した。誰もいないから、わからない。ヤタベさんも知らない。閉じ込めてしまえばいいのだ、猫や犬みたいに。そしたら、ヤタベさんだっていつかこの女を気に入るかもしれない。よくやったと自分を褒めてくれるかもしれない。

「部屋に入れ」

ケンジは女に命令した。女は怯えて廊下を後退《あとずさ》ったが、その様は蛙《かえる》のようにひしゃげて醜かった。

動物にも色々な性格がある。慣れた振りをして、常に逃げる隙《すき》を窺《うかが》うすばしっこい猫。歯向かってくる獰猛《どうもう》な犬。死ぬまで鳴き声を上げていた根性のある子猫。諦《あきら》めの表情が染《し》み付いた元気のない犬は嫌いだった。動物を捕獲するごとに、今度はどんな奴《やつ》なのだろう、とケンジは愉しい期待をしてきた。でも、女という生き物だけは、この世で最もつまらないものかもしれない。第一、動物みたいに可愛くない。子猫や子犬の愛らしさといったら、女の百倍はある。

小さくて柔らかくて、ケンジの思うままになる体。可愛いから好きで、好きだからこそ、ケンジは殺したくなってしまう。壁に力いっぱい投げ付けたら、どうなるのだろう。食べ物を与えないで繋いで置いたら、言うことを聞くだろうか。可愛がっていた動物が死んでしまうと、ケンジは悲しくて堪らない。何日も飯が喉《のど》を通らず、工場の仕事もおろそかになって、ヤタベさんに叱られてばっかりいる。でも、たまには悲しい気持ちになるのも悪くない。可愛ければ殺したくなり、可愛くないものは、どのみちケンジの命令を聞かないからいずれ殺すしかなくなる。可愛くない動物が死んだ時は、ちょっと嫌な気になるだけでどうってことはない。

ケンジは、部屋の中を見回している女を観察した。女はケンジが怖いのか、しばらく強張った顔をして立ち竦んでいたが、やがて変化した。ケンジの知らない言葉で話しかけてきたのだ。音感は平べったくて、鳥の鳴き声のように聞こえた。動物と同じじゃねえか、とケンジは嬉しくなった。動物の言葉を自分は知らない。だから会話はできないけれども、通じ合ったり、喧嘩《けんか》することはできる。この女はどんな性格をしているのだろうか。ケンジは少し楽しくなった。

ヤタベさんは、言葉をよく知っていてケンジにあれこれ命令する。普段の用事は手真似やメモがほとんどだが、怒る時は必ず言葉を口に出した。だから、言葉は、命令や恫喝《どうかつ》のために使うものだ。あの「ひのきりょう」だってそうだったじゃないか。ケンジは自分の育った寮生活を思い出した。

寮で偉いのは、寮長先生でもなければ、舎監の先生でもなかった。上級生たちだ。ケンジは年がら年中、上級生たちに命令されていた。「ケンジ、便器を舐めろ」「ケンジ、飯盗んでこい」「ケンジ、畑の土食え」。両親のいない子供たちが引き取られる寮で、一番年下の子供がケンジだった。もっと小さな子供が入って来ても、失踪《しっそう》していた父親だの、母親の親戚《しんせき》だのが探し出されて引き取られていく。寮では最年少で、常に苛められる存在だったケンジは、いつか自分にも誰かが迎えに来てくれると期待していた。ヤタベさんと出会った時、もしかするとヤタベさんが自分の父親ではないかと思った。ヤタベさんはにこにこして、命令の言葉を何も発しなかったからだ。

ケンジがヤタベさんに初めて会ったのは、女満別《めまんべつ》近くの食堂だった。ヤタベさんは水蒸気で曇ったガラス戸の向こうで、酒を飲みながら餃子《ギョウザ》や皿に盛られたおかずを旨そうに食べていた。二日間、何も食べていなかったケンジの目付きがよほど険しかったのだろう。ヤタベさんはケンジに気付いて、手招きした。店内に入ろうとしないケンジに、ヤタベさんは手招きし続けた。ケンジのためにラーメンを頼んでくれたのだった。ケンジはヤタベさんの顔を見上げたが、ヤタベさんはテレビの競馬中継に夢中だった。

「これ、食べていいの」

食堂のおじさんが、ケンジにそっと囁いた。

「あの人は聞こえないし、あまり喋れないんだ。いいから食べなよ」

ヤタベさんはその言葉が聞こえたかのように振り向いた。悪いことをしたような気がして怯えるケンジに微笑《ほほえ》みかけ、食べろ、という手付きをしてみせた。ケンジはラーメンより、ヤタベさんが言葉で命令しないことの方がもっと嬉しかったのだ。だから、ヤタベさんとは永久に離れない。

「いやだ」

女が封じ込められた窓を見てひと言発した。外の光が部屋に差し込むのが大嫌いなので、ケンジは窓をベニヤで打ち付けて、その上から紙を貼《は》ってしまった。それがどうして嫌なのかわからない。

「何でだよ」

ケンジは女に尋ねた。動物はこんなことを言わない。

「くらい」

女はそう呟いて、ベッドに目を転じた。だが、汚いシーツや乱れた枕《まくら》を見ても何も言わなかった。社長の奥さんは一度部屋を覗いたきり、顔を顰《しか》めたままでもう二度と見に来ないのに。そういうところは動物みたいだ、とケンジは安心する。そうだ、名前を付けなきゃ。ケンジは畳の上に胡座《あぐら》を搔くと、名前をあれこれ考えた。「みっちゃん」。突然、思い付いた名前は、同じ寮にいた上級生の名前だった。

ケンジより二歳上。アンドウミノルという名前の男の子だ。色白で目が小さく、ちんまりとした顔付きのミノルも、よく中学生の先輩たちにからかわれたり、苛められたりしていた。ミノルは、皆に「みっちゃん」と呼ばれていた。ケンジは呼び捨てにされているのに、なぜミノルだけが「みっちゃん」なのか。ケンジの質問に、ミノルは口を歪《ゆが》めて答えた。「さあ、女の子の代わりなんだべ」。確かに、ミノルの寝顔は可愛かった。中学生から、ベッド付きの二人部屋を貰えるのだが、小学生は全員、大広間で布団を敷いて寝る。横向きで口を半開きにして熟睡しているミノルを見たりすると、自分とは違う種類の人間なのかな、とケンジは思ったりもした。

春先のことだった。夕食の時、中学生たちが小声で唄《うた》っていた。みっちゃんみちみちうんこたれて。何かの符丁らしく、唄いながら目を合わせて笑っている。ミノルは何も気付かずに、食堂の隅で寮長先生と算数の宿題を解いていた。ミノルは勉強も出来るので、寮長先生のお気に入りだったのだ。その夜、足音が聞こえたような気がしてケンジは目を覚ました。同じ部屋に寝ているはずのミノルの姿が見えない。ケンジは起き上がって便所に行った。便所にミノルの姿はない。どこに行ったのだろう、と気になったケンジは廊下を歩いた。物置で喘《あえ》ぎのような奇妙な音がした。そこで見たものは、自分が上級生たちに始終やられている種類の苛めや暴力とはかなり違っていた。

中学生四人が囲んでいるのは、裸に剝《む》かれて四つん這《ば》いにされたミノルだった。白い臀部《でんぶ》。中学三年の一人が背中から覆《おお》い被《かぶ》さっていた。もう一人がミノルの髪を愛《いと》しそうに撫でている。後の二人はミノルを押さえ付ける役目だった。ケンジの内部で火が点《つ》いたものがあった。気配を感じたのか、ミノルを犯している中学生が振り返った。ケンジは怖《おそ》ろしくて足が凍り付いたが、人の気配に怯えているのは中学生の方だった。その切迫した眼差《まなざ》し。さかっている雄犬と同じ目。ケンジは忍びやかに後退った。自分がミノルと同じ目に遭うのが怖いというよりは、同じ目には決して遭わないだろうという予感。自分だったら、可愛がられない。もっと酷い目に遭わされる。ケンジは愛されずに殴られるだけの自分を思って、愕然としたのだった。自分は中学生たちの「みっちゃん」になりたかったのかもしれない。

寮に放火したのは、半年後だ。その時、もう一人の行方のわからなくなった子供が、ミノルだった。ミノルも自分と同様、火事に乗じて逃げたのだった。

「みっちゃん」ケンジは口に出してみた。この名前は、自分の中にある性的なものに直接結び付く。言う端から、ケンジは興奮する自分に気付いた。「みっちゃん。おめえのこと、これからそう呼ぶから。覚えろよ、いいか。みっちゃんだぞ」

「みっちゃん？」

女は怪訝《けげん》な顔をした。

「みっちゃん、みっちゃん」

ケンジは何度も呟いて、あの日のミノルみたいに女を四つん這いにさせた。女が慌てて振り向く。知らない言語。きっと金のことを言ってるのだ。女はすぐ金ばっかり欲しがるんだ。動物はそんなこと言わない。みっちゃんだって、金は取らなかった。そうだ、みっちゃんはやられただけなんだから。みっちゃんみちみちうんこたれて。中学生の唄を思い出し、ケンジは女の服を剝《は》ぎ取った。

「まってよ」

破られるのを恐れてか、女は慌てて自分から服を脱ぎ始めた。黄色いTシャツ、白いホットパンツ。紐《ひも》で作られている小さな黒い下着を着けていた。ヤタベさんの部屋の押入れに大量に入っている、エロ本の中の女が着けているのにそっくりなパンツ。女が下着を取って裸になる。ケンジは中学生がしていたように、女の尻《しり》に勃起《ぼっき》した自分のペニスを当てがった。どうやったら性交できるか、など考えてもいなかった。なかなかうまくいかないので、焦《じ》れた女が手を添える。肉の間に埋まっていくペニス。幼い自分がヤタベさんにされたこと。気持ちがいいのか、良くないのか、ケンジは混乱している。

微《かす》かな音がする。ベッドの真横の壁から聞こえてくる、錐《きり》で穴でも穿《うが》っているような小さな音。おそらく、ヤタベのオヤジが穴を開けて、その穴から自分と女を覗いているに違いない。俺の前でオナニーしてみろ、と言ってぎらぎらする目で見ていたヤタベさんが、壁を隔てたすぐ横にいて俺を観察しているのだ。これがヤタベさんの、俺に対する新しい指令だ。女を捕獲して、やるところを眺めさせろ、という。やったよ。褒めてくれよ、ヤタベさん。急に快感が強くなったケンジは女の中に射精した。

「いたいよ」

挙措が乱暴だった、と女が怒っている。小さなポシェットからコンドームを出して、ケンジの鼻先に突き付けた。どうしてこれを付けなかったのか、と抗議しているのだとケンジは理解した。女はだから面倒臭い。だが、「みっちゃん」はヤタベさんと自分の新たな関係のために、必要な存在だった。犬や猫ではできなかったことが可能な素晴らしい獲物。「みっちゃん」に優しくしなくてはならない。

「ごめん、ごめん」

ケンジは謝りながらも、知恵を働かせて女を閉じ込める方法を考えている。女は裸のまま、ポシェットから取り出したメンソール煙草《たばこ》を吸い始めた。灰皿を探しているので、ケンジはゴミ箱に突っ込んであったカップヌードルの殻を渡した。

「のどかわいた」

女は急に居丈高になった。ケンジは怒りたいのを我慢して、テーブルの上にあった薬缶《やかん》を女に渡したが、女は驚いた様子で両手を振った。おお、嫌だ、という大袈裟《おおげさ》な身振り。これのどこがそんなに嫌なのだ。ケンジにはわからなかった。毎日、新しい水を汲《く》んでいるのに。

「みっちゃん、何が欲しいの」

「ビール」

「わかった。買いに行くから」

ケンジは身支度を整え、ちらりと穴の方を見遣《みや》った。ヤタベさん、この女を閉じ込めるにはどうしたらいい。そして、黙らせるには。子猫のように壁に叩き付ける訳にはいかない。死んでしまったら、ヤタベさんが困るだろう。ケンジは指示を仰ごうと廊下に出て、ヤタベさんの部屋の扉をノックしたが、ヤタベさんは現れなかった。仕方がないので、階下に下り、工場の冷蔵庫に入っていた缶コーラを持って上がった。

コーラはヤタベさんのだから叱られると思ったが、女なんかにビールを買いに行くのは金も手間も勿体《もったい》ない。

暗い廊下にヤタベさんが仁王立ちに立っていた。褒められるのを期待して、ケンジはにこにこしながら近付いた。ヤタベさんがケンジの胸を押し戻した。

「どうしたの、ヤタベさん」

ヤタベさんはケンジに、来るな、というように手で制してケンジの部屋に入って行った。

「だれ、あんた」

女の驚いた声がしたが、その後は急に静かになった。ケンジは冷えたコーラを握り締めて立ち竦んでいる。ヤタベさんは覗いているうちに、自分が代わりたくなったのだ。それくらいは見当が付く。ヤタベさんの欲望は果てしないのだから。ケンジはコーラを飲み干した。まだ出て来ない。ヤタベさんの部屋から自分も覗いてみようか。ふと思い立った考えは、素晴らしいことに思えた。そうしたら、自分もヤタベさんと同格になる。思ってもいなかった昇格の機会が与えられたような気がする。

ケンジはヤタベさんの部屋のドアを開けようとしたが、鍵《かぎ》が掛かっていた。ヤタベさんは、ケンジを覗くだけの存在にしたいのだ。悔しさというより、敵《かな》わないという気持ちが湧いてきて、ケンジは廊下にへたり込んだ。その様が、さっきの女の格好と同じで遣り切れない。小一時間は経っただろうか。やっと、ヤタベさんがケンジの部屋のドアを開けて姿を現した。ケンジが目を上げると同時に、ヤタベさんが駆け寄って来て、ケンジの横っ面《つら》を張った。

何が何だかわからないまま、ケンジは頬を押さえてヤタベさんの憤怒《ふんぬ》の表情を盗み見た。ヤタベさんは、ケンジの傍らを激しい勢いで指さした。自分が買って冷やしておいたコーラを飲んだことを咎《とが》めているのだ。ケンジは驚いて抗弁した。

「自分だって楽しんだんだろ。俺が連れて来た時は、あんなスベタとか言った癖に。コーラくらいいいじゃないか」

「うるせえ。おめえは、俺の言うこと聞いてりゃいいんだよ」

ケンジは俯《うつむ》いて、ヤタベさんの命令を反芻《はんすう》していた。ヤタベさんの「言葉」が自分勝手なものだと初めて気付いたのだった。

ヤタベさんは自分の父親ではない。優しくしてくれたのは、子供の頃だけ。今のヤタベさんは、自分と同じ男だ。いや、自分が成長してしまったから、ヤタベさんと同じ大人になったのだ。だとしたら、自分はいつまでヤタベさんのパシリをすればいいのだろう。苦労して獲物を連れて来れば趣味が合わないと放り出し、覗いた挙げ句に横取りする。たかがコーラ一本のことで殴打《おうだ》されたケンジの憤懣《ふんまん》は収まらなかった。

こうなったら、「みっちゃん」を自分の部屋に閉じ込めて、ヤタべさんには指一本触らせない。ヤタべさんがどんなに羨ましがっても、壁の穴からしか見せてやらない、それもごくたまに。ケンジは階下に駆け下り、工場に備え付けの工具箱を取って来た。中に錠前が数個入っているのを知っている。社長が川岸に借りている倉庫の倉庫荒しを防ぐために沢山買ったのだ。中でも一番でかい南京《ナンキン》錠を、ドアの外に取り付けてやる。俺だけの「みっちゃん」にするために。

「みっちゃん」が言うことを聞かないのなら、逃がさないためにベッドに縛り付けておく。工場で働いている間は、外から施錠《せじょう》して絶対に出さない。みっちゃんが騒いだところで、ヤタべさんは耳が悪いし、工場の騒音が喧《やかま》しいから誰も気付かない。考えれば考えるほど、いいアイデアだった。ケンジは力いっぱい、金槌《かなづち》を打ち付けながら、初めてヤタべさんに対する競争心が湧くのを感じていた。

ドアを開けると、女が怯えた目をして震えていた。ノー、ノー。ころさないで。両手を大きく振って懇願する。ケンジは苦笑して、まだ持っていた金槌を畳の上に放り投げた。

「殺さねえよ。だって、おめえは俺と一緒に暮らすんだからさ」ケンジは聞こえよがしに言って、壁に穿たれた穴らしき箇所を見遣った。どうせ、聞こえねえんだ、あのオヤジには。「でなかったら、みっちゃんなんて名前付けねえよ」

「おみせ、どうする」

「放っておけよ。ここにいろ」

「いてもいいの？」

意外なことに、女はほっとした様子で肩の力を抜き、だらしなくベッドに腰掛けた。あのパブでの仕事よりずっとましだと思ったのだろう。女の名前はアナ。十七歳と三カ月。アナが極めて乏しい語彙《ごい》の日本語でケンジに語ったところによると、いくら客を取ってもピンハネされるだけなので、あのパブから逃げたいと思っていた矢先だった、借金が残っている以上、故郷に帰っても連れ戻されるだけだからここに住まわせてくれ、と言うのだ。獲物のはずが、逆に居着かれることになり、ケンジと「みっちゃん」の何とも奇妙な共同生活が始まった。

翌朝、ケンジが得意げに南京錠を施錠していると、ちょうどヤタベさんが部屋から出て来た。ヤタベさんは作業着を着て、首に赤い洒落《しゃれ》たスカーフを巻いていた。社長の奥さんが「バンダナなんか巻いちゃって」とヤタベさんをからかっていたのを思い出し、ケンジはちょっと嫌な気がした。ヤタベさんがあの赤いスカーフを首に巻くのは、女が必要になってナンパに出かける時なのだ。ヤタベさんはまだアナがいることを知ったら、真っ先に狙《ねら》うに違いない。

ヤタベさんは、妙な顔で南京錠を指さした。ケンジは答えずに廊下を歩きだした。待て、とばかりにヤタベさんがケンジの肩を乱暴に小突いた。

「な、何で鍵なんか付けんだよ。ど、どういう意味だよ」

「泥棒入るから」

「お、俺が泥棒するってか」

ヤタベさんはケンジの胸倉を掴んで、顔を平手で打った。その迫力に、ケンジはつい気圧《けお》されてしまう。だけど、今度は負けたくなかった。

「そんなこと思ってないよ」

「じゃ、じゃ、何で鍵掛ける?」ヤタベさんは再び鍵を示して、言いにくそうに怒鳴った。「俺に対する嫌がらせか」

「そんなことないよ」

もっとうまい言い訳をしたかったが、ケンジの頭はそこまで早く回転しなかった。思案を巡らせていたらしいヤタベさんは、「こ、この悪党が」と突然笑った。素早くポケットから得意のメモを出して書き付ける。

『きのうの女が逃げないようにしてるんだな。それは、はんざい。やばいから、はやくにがせ。おまえ、けいさつにつかまるぞ』

ケンジが頑《かたく》なに首を振ると、ヤタべさんは呆れたようにケンジを見遣った。もう一度突き出されたメモにはこう書いてあった。

『オレはしらない。きょうはんにはならないからな』

そう言って、ヤタべさんはメモを破って捨てた。だが、ヤタべさんが責任は取らなくても、アナだけは欲しがるような気がしてならない。だとしたら、自分は嬉しいのか悲しいのか、ケンジにはわからなかった。

数日経った。アナは薄暗い部屋から出なくても全く平気な顔で、寝てばかりいる。ケンジが持ってくる食べ物をごく少量食べ、聞いたことのない流行歌を口ずさんで退屈しないらしい。しかし一週間後にはアナも変わった。テレビがないだの、CDが聴きたいだのと不平を言い始めた。ケンジは次第にうんざりしてきて、アナを乱暴に突き飛ばしてやった。そうすると少しの間、静まるから。ある夜、ケンジが眠っていると、股間《こかん》にアナの手が触れた。耳許から聞こえるアナの声は掠《かす》れている。

「セクスしよ」

しかし、ケンジにはわかっている。壁の穴からヤタベさんが覗いていないと自分は興奮できないのだということが。ヤタベさんがいなくては自分は何もできない。ということは、自分は永久にヤタベさんの子分なのだ。ケンジは頭を抱えた。こういう時、どうしたらいい。ヤタベさん、教えてくれ。アナがケンジの硬い髪を撫でて囁く。

「みっちゃん、セクスしたい。そのためにここにいる。でしょう？　セクスしないからテレビ買わない。でしょう？　セクスしないから、ケンジ優しくない」

本当にそのためなのか。ケンジは暗闇の中で考えている。この女とセックスしたいから閉じ込めているのだろうか。違う。ただの女ではなく、相手がアンドウミノルこと、みっちゃんだったら良かったのだ。そして、自分がヤタベさんにとってのみっちゃんだったらもっといいのに。突然、自分の欲望のあるべき姿がはっきりと見えたケンジは、急に息を荒くした。自分にはヤタベさんしかいない。ヤタベさんに永久に抱かれたい。

「ねえ、セクスしたい。みっちゃんやりたいよ」

「明日やるから」

ケンジは、せっつくアナを壁際に押しやった。アナは怒ったらしく、ベッドから下りて畳の上をうろうろ歩き回った。

「どしてしないの。みっちゃん嫌いなら、出て行かせて」

「駄目だ」

「嫌だ。こんな生活するの」

　アナが服を抱えてドアに向かって走りだした。ケンジは飛び起きてアナの髪を摑み、後ろに引き倒した。もんどり打って倒れたアナの頰をすかさず張る。自分がヤタべさんにやられたみたいに力いっぱい、激しい勢いで。そして、泣き喚《わめ》くアナを荷造り用のテープで手足を縛って畳に転がした。時間が経っても、泣きやまないアナを放っておいて、ケンジは目を瞑《つむ》った。

　翌日の夜、ケンジは照明を消さずにアナと交わった。女なんか好きじゃないが、ほんの一メートル向こうにはヤタべさんがいて自分を見ているはずだと思うと、快感が湧いてきて、頭の芯をじんと痺《しび》れさせる。昼間、工場でこっそり知らせたのだ。『ヤタべさん、今夜、俺のこと覗いてよ』ヤタべさんはそれだけでわかったらしく、何度も頷いて薄笑いを浮かべた。だから、覗いているのは間違いない。壁の向こうから指令が飛んで来るんだ。女を突け、おっぱいを揉《も》め、と。そして、ケンジの背中には幻のヤタべさんが覆い被さっていて、一緒に腰を動かしている。そう、昔、ケンジがまだ中学生の頃にしてくれたように。

「おめ、めんこいなあ」

ヤタベさんは楽しそうに笑うだろう。以前、抱かれた後に必ずやってくれたこと。頰を撫でて、言うのだ。時間を取り戻せたらどんなに嬉しいだろう。どうして、自分はヤタベさんより大きな体軀《たいく》になってしまったのだ。ケンジは自分が悲しい。果てたケンジは、アナをベッドに倒して廊下に出た。

いくら待っても、ヤタベさんは現れなかった。きっとアナを監禁していることが犯罪行為だから、知らん顔しているに違いない。関わりは持たないつもりなのだ。ケンジは不満でならなかった。

聞こえないのはわかっているが、ヤタベさんの部屋をノックしてみる。が、大きなテレビの音が洩れてくるだけで他には何も聞こえなかった。ケンジは嘆息し、廊下のガラス窓の向こうに広がる黒い空を見た。歓楽街のネオンもここまでは照らさない。暗い夜空。毎日同じ作業をして、食って寝るだけの生活。ヤタベさんとなら、何でもできる。これが自分とヤタベさんの新しい生活の形なのかもしれない。ヤタベさんは快楽を提供する限り、自分からは離れないのだから。ケンジはそう思い直して部屋に戻った。

「あたし、出てくよ」

アナが薄汚れたTシャツとホットパンツを着けて立っていた。ポシェットを手にしている。メンソール煙草は吸ってしまったし、小銭はケンジが抜き取って遣ってしまったから、もうポシェットの中には使われなかったコンドーム以外、何も入っていない。小柄なアナはケンジの部屋にいる間に、更に萎《しな》びて縮んだように見える。損ばかりしている貧相な女。ケンジは不意に哀れを催した。まるでヤタベさんに拾われた時の自分みたいだ。薄汚い子犬。痩せた猫。優しくしてやって、ここにいさせなければ。

「みっちゃん。もう殴らないから、ここにいろよ」

「ウソ」アナは不信を隠さずに言った。「それ、ウソね。あたしわかる。あんた、みっちゃんのこと好きじゃない」

「好きだよ」

ケンジはどうしていいかわからず、アナの黒ずんだ小さな手を取った。アナは不思議だと言わんばかりに、首を傾げてケンジの顔を見上げた。その様はまるで子供のようで、可愛くないこともなかった。女の子も動物みたいなところがある。だったら、動物にはできないことをして面白がればいいのかもしれない。例えば、学校ごっことか。アナは日本語を知らないから、自分が教えてやろう。二年生の教科書があれば、自分だって教えてあげられる。ケンジはアナに言った。

「みっちゃん、ランドセル買ってやるよ」

「それ何」

「学校に行く鞄《かばん》だよ。赤がいいな。俺、お下がりの黒だったから。それで勉強しよう」

アナが首を傾ける。ケンジが何を言ってるのか理解できないのだ。だが、ケンジは構わず夢を語った。これからの三人の生活を。アナには日本語の勉強をさせて、自分と一緒に賢くなる。そして、ヤタべさんが欲する時に、自分はアナを抱いてヤタべさんに満足して貰う。それしか方法がないのだから。

アナが急に衰弱して死んだのは、二年後の夏だった。大量に出血したのが原因だろうと思ったが、医者に連れて行く訳にはいかないのだから仕方がなかった。それがアナの運命だ、とケンジは考える。アナは、赤ちゃんが出来た、と言って、「お金が要る」とか、「籍に入れて」とか、自分には到底できそうにないことをさんざん言ったから、いなくなったのは寂しいけれども、いなければいないで別に構わない気もする。ヤタべさんだって、この関係に飽きてしまった様子で、もうケンジに『今日、やれよ』というメモを見せなくなった。

赤ちゃんが出来たと聞いた後、アナのおなかが今に破裂しそうなほど大きくなるのか、と毎日どきどきしていたけど、アナはおなかが痛いとのた打ち回った挙句、血を沢山出しておなかは逆にぺちゃんこになってしまった。アナは寝ついたままになってしまい、勉強もしなくなった。ベッドは独占されるし、いつも青い顔で目を閉じているので、ちょっとうざかった。だけど、死んでしまったら、赤いランドセルが残ってるだけで、すごく寂しい。

アナの死体は、嫌がるヤタべさんに助けて貰って、裏庭に埋めた。スコップで掘っていたらすごく時間がかかってしまい、ヤタべさんが苛々《いらいら》して怒鳴った。

「ケ、ケンジ。パ、パワーショベル借りて来い。これじゃ、夜が明けるだろ」

でも、アナは小さかったので、夜明け前に何とか埋めることができた。ヤタべさんは不機嫌で、その後しばらくケンジと口を利かなかった。その理由を聞いたら、ヤタべさんはメモを書いた。

『おめえはもっと女にやさしくしろ。かわいそうじゃねえか』

ケンジは答えた。

「ごめんね、ヤタべさん。今度は気を付けるよ」

「馬鹿か。おめえ」

ヤタベさんは言いにくそうに怒鳴ったが、その目には優しい光があった。優しいヤタベさんのために獲物を探さなくてはいけない。だけど、大人の女は誰も工場の二階になんか来てくれない。アナだって、自分の部屋を見て嫌な顔をした。

『ここでやれっていうの』

だから、次は小さな女の子の方がいい。珍しがって、ヤタベさんが喜んでくれるかもしれないし、自分はアナと一緒に勉強している時にとても楽しかったからだ。女の子が来たら、可愛がって楽しく暮らせると思う。

6

私が高校生の時に書いた小説には、私自身に何が起きたかまでは書かれていない。私が誘拐される前のケンジとヤタベさんの関係と、その捻《ねじ》れた関係が引き起こした一人の女の死の物語だった。世間は女子高校生が性的で異様な物語を書いたという事実に熱狂したのである。私は細心の注意を払って事件に関係しそうなことは一切記述しなかったし、粒子の粗い写真を一枚発表したきりでマスコミの取材を避けていたから、小説と私の誘拐監禁事件を結び付けられることもなかった。同級生でさえも、「小海鳴海《なるみ》」が私だと気付いた人間は誰もいなかった。世間というものは、人間の外見や行動から、その人となりを漠然と推し量っているに過ぎないのだ。地味で目立たない私が、実は性的人間で、毒の夢を夜な夜な積み重ねていることなど、たとえ私が告白したとしても、誰も信じなかったに違いない。母は受賞を喜んでくれたものの、私の書いた小説を読んで沈黙した。私の心が性的妄想に満ちていることが心底薄気味悪いと思ったのだろう。母は、上書きできない記憶に占領されている私という子供の存在に苦しみ、契機となった事件が払拭《ふっしょく》できないことに絶望したのだ。今も埋めがたい母との齟齬《そご》は、この時から始まったのかもしれない。再婚した母とは、現在ほとんど行き来がない。

「小海先生。おめでとうございます」

宮坂にアパートの自転車置き場で声をかけられたのは、受賞の熱もようやく冷めて、私が何食わぬ顔で高校二年に進級した四月の夕刻のことだった。雨模様の肌寒い日で、濡《ぬ》れた私は早く部屋に帰ろうと急いでいた。当時の私は、出版社から頼まれた受賞第一作を書くことに熱中していた。私は突然出現した宮坂に仰天して、自転車の籠《かご》から学生鞄《かばん》を取り出し損ねた。宮坂は健常な方の手で落ちそうになった鞄を支えてくれた。その時、私の手が宮坂の義手に触れた。ゴム製の義手は硬く、しかも温かかった。私は意外さに思わず手を引っ込めた。

「温かいでしょう?」宮坂は気を悪くした様子もなかった。「血が通っているからね。これは僕自身なのですよ。先生、今度は僕のことも書いてください」

なぜ宮坂に、小海鳴海が私だとわかったのだろう。私は動転していた。

「あなたの門出をお祝いしなくちゃと思って、四国の山の中から上京しましたよ」

宮坂はしゃくれた顎《あご》を、黒ずんだ義手の指で擦《こす》った。

「どうして、作者があたしだとわかったんですか。公判では、ヤタベさんのことなんかちっとも出て来なかったのに」

私は何とか落ち着こうと暮れかかった空を見上げた。雨が上がったばかりで、葉桜の鮮やかな緑が目に染《し》みた。自転車置き場にのしかかるように枝を広げているソメイヨシノの古木は、T川の堤防沿いに咲いていた桜並木を思い起こさせた。

「わからない訳がないですよ。実は、僕の想像もあなたの書いた小説によく似ていたのです。僕もヤタベと安倍川《あべかわ》は何かの関係があって、共犯じゃないかと睨《にら》んでいた。だが、安倍川は何も語らないし、ヤタベは消えた。証拠はない。立証されて書かれる検事調書のストーリーと、僕の頭の中で奇怪に形作られるストーリーは全く似ていないのです。僕はいつも事件を担当する度に、自分の中で溢《あふ》れる想像に悩まされます。あなたの事件は僕を興奮させましたよ。僕は頭の中で幾つもストーリーを作っては壊し、壊しては作った」

愉楽。私の小説が宮坂の想像の発火点にまたしても火を点《つ》けたのだ。私はアパートの母と私の部屋を眺めた。窓の外に母が取り込み忘れた洗濯物が掛かっていた。

「宮坂さんはあたしがヤタベさんを発見したと電話した時、警察に知らせましょうとしか言わなかったじゃないですか」

宮坂は苛立《いらだ》った様子で遮った。

「わかってるでしょう。僕が欲しいのは真実じゃないんですよ」

「じゃ、何ですか」

「真実に迫ろうとする想像です。想像への材料、そういうものを欲しいんだよ、きっと。だから、安倍川とあなたが口を噤《つぐ》んでいることは、僕には嬉《うれ》しくもあった」

私は黙り、ちゃちな鍵《かぎ》で自転車に施錠《せじよう》した。宮坂がそのためにわざわざ上京して、自転車置き場で私を待っていたことが執念を感じさせて不気味だった。私も宮坂も、あの事件に何かを奪われたのだ。それは以前、宮坂が私に言ったように現実の姿というものだったのかもしれない。私たちは想像に魂を奪われたのだ。宮坂はなおも言った。

「『泥のごとく』には、あなたのことが書いてないね。あなたの本当のストーリーを聞かせてください。僕はそれを聞きに来た」

「ここでその話をするのですか」

塾帰りの小学生が自転車を仕舞いに来て、不審な顔で私たちを見遣《みや》った。宮坂は、散歩しましょう、と私を誘った。私は学生鞄を提げて駅と逆の方角に歩いた。宮坂は半歩遅れて付いてくる。私たちは、アパートの裏手にある小さな公園に入って行った。雨上がりの公園には大きな水溜《みずた》まりが出来ていた。

「宮坂さん」私は振り向いた。「あたしが話す代わりに、あなたも話してください」

「いいよ、何を」

「あなたの左腕はどうしたの」

宮坂は冷たい風に煽《あお》られるコートの裾《すそ》を右手で押さえた。

「いいでしょう。聞いて驚かないでください。僕は五歳の時、母親に肘《ひじ》から下を切り落とされたのです。僕の左手に悪魔が棲《す》んでいると母親が狂乱して鉈《なた》で切ったそうです。母は新興宗教に凝っていました。幸い、隣家にいた祖父が僕の悲鳴を聞いて駆け付け、すぐさま助けられたからいいようなもの、僕は出血多量で死ぬところでした。辛《つら》いかと言えば辛くはない。なぜなら、僕にとって左腕の欠落は物語の創造の出発点となるのですから。あなたの場合も何か物語を紡《つむ》ぐのだろうという気がしていた。そうでしょう。理不尽な目に遭った子供は、必ずや何かで精神の欠落や心の傷を補おうとするところから始める。だから、欠落はむしろ素晴らしいことなのだ。でなければ、誰生き残って大人になることは不可能です。あなたは年齢よりも大人っぽかったし、誰にも告げようとしなかった。僕はいつか必ずあなたが本当のことを言うだろう、いや言葉にするに違いないと心待ちにしていたんだ」

「本当のことを知ってどうなるのかなあ」

私の呟《つぶや》きに、宮坂は砂場の横にある鉄棒を指さした。

「本当のことというのは一番難しいことでしょう。僕は鉄棒ができない。バランスが悪いから滑り台にも登るなと言われて育った。それで様々なことを想像しましたよ。幻の鉄棒、夢の中のブランコ、滑り台。それは現実の姿とは多分違っているでしょう。ほんの少しね。あなたが事実を言ったと思ったら、僕はあなたの想像力とあなたの真実との溝についてまた想像するのです。そうやっていくらでも伸びていく想像のために知りたいのです」

宮坂もまた性的人間なのだ。私は水溜まりを避けて地面に学生鞄を置き、雨に濡れた鉄棒に手で触れた。金臭さが鼻に付いた。

「それは楽しいから?」

宮坂は真面目《まじめ》な表情で頷《うなず》いた。

「当たり前です。人間から想像力を取ったらどうなりますか。特に僕はその能力を伸ばさせられたのですから」

「ケンジに死んじゃえって言ったことがあったけど、あれは本当に伝えてくれたのですか」

「伝えましたよ。でも、僕はあなたに嘘《うそ》を吐《つ》いた。安倍川はあなたが死んじゃえって言ってると告げたら、嬉しそうに、死にますと言いました。だけど後であなたが、生きて罪を償えと言い直した時、愕然《がくぜん》としていましたよ。なぜですかね」

私こそが愕然とする番だった。ケンジは私に「死ね」と言われた方が嬉しかったのだ。宮坂は私の反応を窺《うかが》っている。私は昂然《こうぜん》と顔を上げた。

「じゃ、言います。ケンジは子供のあたしを誘拐した後、ヤタベさんに新しい獲物の報告に行ったのだと思います。だけど、ヤタベさんは誘拐と知ってケンジを詰《なじ》り、怒った。重大な犯罪だ、自分は関係ないから早く子供を返せ、と迫ったのです。でも、ケンジはもうヤタベさんの言うことを聞かなかった」

宮坂の目が好奇心で光るのを、私は素早く認めた。

「安倍川がヤタベさんから自立したってことでしょうか」

「そうです。ケンジはアナを支配した時から、ヤタベさんに対する態度を少しずつ変えていたのです。ヤタベさんの言いなりになるのは面白くないと気付いた。そして、あたしを自分だけのものにしようと決心したのです。だから、あたしを勝手に飼うことにした。捨て猫か野良犬《のらいぬ》のように。夜になるとヤタベさんが覗《のぞ》くのを知っていたから、ケンジは昼間しかあたしを裸にしなかった。ケンジはヤタベさんに復讐《ふくしゅう》したのです」

「裸にしたんだね。それだけで他には何も」

「ケンジはあたしを見て自慰をしました。それだけです。勿論《もちろん》、ケンジの行為は子供のあたしにとっては嫌で堪《たま》らないことでしたけど、それ以上は何もしなかった。殴られたこともあるけど、夜は同級生みたいに一緒に勉強したり、話したりしていた」

「仲良しだったんだね」

ほら、やっぱり。前に言ったじゃないか、と言いたげに宮坂が意地悪な目で私を見たが、私は気にしなかった。

「それほどではないです。ケンジは馬鹿《ばか》じゃないけど、気が弱いところもあったから、あたしの方が威張ってました。もっと大人になったら、あたしはケンジを言いなりにできたかもしれない」

だが、待ちきれなかったのだ。私は鉄棒の下に出来た深い水溜まりに映る樹木の影を眺める。

「言いなりか。面白いね」宮坂は相好《そうごう》を崩して喜んだ。「教科書に書いてあった『おおたみちこ』の名前は誰が書いたの。安倍川だろう」

「筆跡が違うから、多分あのフィリピンの人です」私は首を振った。「ケンジは字が書けました。だけど、教科書の名前は筆跡が違う。あたしは押入れの中にあったランドセルと教科書を発見した時はすごく怖かった。でも、後でもう一人の女の人がどう過ごしていたのか想像して、恐怖を乗り越えました。宮坂さんの言う通りです。想像は恐怖も生むけど、それを乗り越えることもできる」

「どうして僕に言わなかったの。何であなたは誰にも事件の真相を言わなかったの。あなたは想像されることの屈辱を感じていたはずだ。僕には良くわかる。僕は左腕のことで他人の想像から逃れられないのだから。だけど、僕はあなたを助けてあげられなかっただろうか。そんなに他人が信用できなかった理由は何だろうか」

宮坂の声は怒りを含んでいた。

「宮坂さんが想像するからでしょう」

「その通りだね」宮坂は大きく嘆息した後、自嘲《じちょう》気味に笑った。「あなたは他人から想像されるのを拒む」

「あたしはヤタベさんを神様のように思っていたんです。隣の人が助けてくれるだろうって。なのに、ヤタベさんはケンジの共犯者だったと後でわかって衝撃だった。その深さと絶望感は誰にもわからない。他人に話しても仕方がないことを経験したら誰でもそうなるのではないですか。宮坂さんのお母さんってどうしたんですか」

「生きてるよ。一緒に住んでいる。母は毎日、僕に謝って暮らしている」

宮坂は何事もないかのように肩を竦《すく》めた。宮坂の顔が暗闇《くらやみ》に溶け込んで表情がわからなくなった。そろそろ母が帰って来る時間だった。あたりはとっぷり暮れて、また雨がぱらついてきていた。

「私、もう帰らなくちゃ」

地面に置いた鞄を持ち上げると、宮坂は近付いて手を差し出した。義手の方だった。

「握手しよう。嘘吐き同士で」

私ははっとして宮坂の目を見上げた。宮坂の目は笑っていない。私は義手を摑《つか》んだ。それはもう温かくはなかったし、雨に濡れていた。それ以来、宮坂とは二度と会っていない。


この文章は、私が死んでもパソコンの中に留まる、と以前書いた。だが、私はどうしても本当のことを書けないでいる。私は今日も二十五年前のノートの切れ端を眺め、先日受け取ったケンジからの手紙を読む。「私も先生をゆるさないと思います」。ケンジ、私も許しを請《こ》わないよ。私の目にしか触れない記録を書いているはずだというのに、そして、私は言葉を生業《なりわい》にしているというのに、言葉にできない真実が私を撃ってやまない。叫び起こされる感情が私を息苦しくさせる。

ケンジとの生活が如何《いか》なるものだったのか、私はこの稿の最初に書いた。私は十歳の時にケンジに誘拐され、殴られて脅され、ケンジの汚い部屋に閉じ込められて一年間を過ごした。ケンジは激しく変化し、昼間は私を辱《はずかし》めたが、夜は優しく、私と仲良くしようとした。その記述に偽りはない。だが、私の気持ちの変化は詳しく書いていない。私とケンジとの間には、次第に違う感情が育っていたのだ。はっきり書こう。私はケンジを好きになった。私はケンジが仕事に行っている間中、早く帰らないかと焦《こ》がれたし、ケンジと一緒に過ごすのが楽しかった。ケンジの自慰を助けたこともある。十歳の少女と二十五歳の男の恋が成り立たない、と考えるのは大きな間違いである。私は密室に閉じ込められていたために、ケンジに恋をした。ケンジを恋人と想定したらどんなに楽だろうと想像しているうちに、私は自分の夢に閉じ込められたのだ。人の心は何と面妖《めんよう》な変化を遂げるものだろうか。私が好きになった途端、あの部屋は私とケンジの、二人だけの王国に変わった。ケンジは毎晩私を抱き寄せて囁《ささや》いたものだ。

「早く大きくなりなよ、みっちゃん。そしたら、本物の恋人同士になれるから」

しかし、私は外の世界を諦《あきら》めることができなかった。密室ゆえに育った愛だったが、私は外の世界をも欲した。「おおたみちこ」の存在も、私を幼い嫉妬《しっと》で苦しめたのだ。私がヤタベさんに手紙を書いたことは、歴然とした裏切りだった。ケンジはヤタベさんから私を守ろうとしたのに。そして、ケンジは私と愛し合っていたことを誰にも言わずに二十二年余を獄舎に繋《つな》がれた。

ケンジが私を許さないのは当然である。しかし、今の私は、書けなくなった自分を抱えて生きていくしかない。私の想像力は底を突いたかに見えて、実は巨大になり、私の表現を超えて私自身を裏切った。私があの王国に憧《あこが》れても、それは二度と手に入らないのだから。もう一度書く。私が死んでもこの稿がパソコンの中に留まって誰の目にも触れないこと、それが私の唯一《ゆいいつ》の救いである。

文潮社出版部書籍編集

矢萩義幸様

冠省

先日は、わざわざお電話いただきまして誠に恐縮です。ご心配をおかけして、申し訳なく思っております。妻からは、まだ何も連絡はありません。

矢萩様のご指摘のように、小生も安倍川健治のところに行ったのではないかと案じて保護司に問い合わせましたが、そのような事実はないという返事でした。安倍川は変わらず、病院清掃勤務を続けている模様です。無論、警察には失踪届を出しております。

さて、原稿を読まれてショックを受けられた由、無理もないことと思います。矢萩様は、妻が最も長くお付き合いさせていただいている編集者であると、小生も存じ上げております。

矢萩様は、この原稿が妻のノンフィクション的手記ではないか、とおっしゃいました。僭越ではありますが、小生はやはりフィクション的手記だと考えます。起こった出来事はほぼ正確に書いてありますが、設定に幾つか嘘があるのは矢萩様もお気付きだと思います。

出版界のことはよくわかりませんけれども、妻は職業作家としてはまずまずの成功を収め、現役として活躍している方ではないでしょうか。「才能の枯渇した作家」に自らをなぞらえているのは、妻自身にしか感じ取れない予兆かもしれませんが、小生は後半の「夜の夢」をより生々しくするための技巧ではないかと感じられました。小説には門外漢の小生が生意気を言ってすみません。

また、事件後、妻の両親は離婚しましたものの、妻の母親とは疎遠でなく、現在も連絡を取り合っております。しかしながら、妻の母は最近、病を得ておりますので、失踪については何も知らせておりません。

小生の認識している限りでは、妻は出来事そのものは正確でも、改竄とも違う魅力的な「嘘」を吐いて、加工しております。心理を克明になぞってはいますが、背景については隠蔽している箇所が多々見受けられます。しかし、知るはずもないのに、怖ろしいほど的中している部分もあり、小生も戦慄しました。小説家としての妻の才能は知りませんが、まさしく「夜の夢」であるはずの妄想が真実を生み、育てる様を感じました。

「残虐記」には謎がありますね、と矢萩様はおっしゃいました。ひとつは、なぜあの夜、妻はバレエのレッスンの帰りにK市に行ったのか、と。

妻の住んでいた団地の停留所から、終点のK市駅前までは二十分以上かかります。夜の川を渡って、ほとんど知らないと言っていい、違う市に行く。お金をあまり持っていない小学校四年生の女子児童にとっては、大冒険です。しかもK市は、「残虐記」にも描写されておりますように、気の荒い工員たちの街でした。夜の歓楽街は、喧嘩騒ぎがしょっちゅう起こる、危険な場所でもあったのです。なぜ妻は、癇性な音を立てる母親に会いたくない、家に帰りたくないから、という程度の些細な理由で知らない街に向かったのか。小生にも大きな謎でありました。

妻は決して言いませんでしたから、妻の母に疑問を投げかけたことがあります。義母は、躊躇いがちに話しました。夫に、K市に女がいることがわかり、当時は始終苛立っていた。一度、夫がK市から桜を見ると称して、当時、小学校二年生の妻を連れて行ったことがあったので、バレエのレッスンに行く妻に、「帰りにK市に寄って、女のところにいるお父さんを連れて来てよ。あんたは一度会ったことがあるんだから、わかるでしょう」と言い放ったのだそうです。勿論、まさか本当に行くとは思わなかった、と沈んでおりました。義母はその頃、酒浸りだったと聞いております。

お気付きの通り、「残虐記」には、そこはかとなく、母親への反感、父親への侮蔑などが感じられますが、妻の両親がどのような状態にあったのかは詳しく記されておりません。妻の母親が夫の浮気に悩み、キッチンドリンカーになっていたことも、父親があまり家に帰ってなかったことも書いていません。

妻の父親はK市の自転車屋の女房と再婚しました。妻は全く連絡を取っていない様子ですが、小生は会ったことがあります。小心そうな、しかし優しさの感じられる善良な人物でした。妻の父親は、妻がK市に向かった理由を薄々知っていたようです。義母に父親を連れて来い、と言われた妻が、幼いながらも責任を感じていたのではないかと話していました。桜を見に行った時、実は自転車屋の女房も一緒にいたのだそうです。痛恨の出来事だと悲しんでいました。このことは、公判でも一切触れられていません。

もうひとつの謎は、谷田部の存在でしょう。妻の話によりますと、妻が谷田部らしき人物と邂逅したのは事実です。ただし、谷田部はすぐに小学校を辞めて、どこかに消えていました。谷田部と安倍川の関係が、妻の書いた『泥のごとく』のような関係かどうかは不明であります。谷田部の部屋の押入れに覗き穴があったかどうかも、建物は現存していませんのでわかりません。この部分が真実であるのならば、妻の受けた傷が如何に大きかったか、周囲の大人は一人も理解できていなかったと思います。ただ、後に奇妙な話が小生の耳に入りました。K市で、行方不明の女の子が鉄工所にいる、という噂が密かに囁かれていた、というのです。噂は主に、非合法の連中の間ででした。つまり、ヤクザ絡みです。妻に倣って、小生も性的妄想を膨らませ、夜の夢を毒々しく紡げば、こういうことになります。

鉄工所の夫婦、谷田部の三人が、妻が監禁されていることを知っていたのではないかという怖ろしい想像です。更には、谷田部の部屋の覗き穴が、金儲けに利用されていたのではないかと。実に邪悪な大人の想像ではありますが、あり得ないことではありません。更に、安倍川は三人に利用されていただけではないか、ということです。鉄工所の裏庭に埋められていたフィリピン人女性の殺害も、三人が絡んでいないとは言えません。鉄工所の夫婦は、事件後、鉄工所を閉め、土地を売却して転出したそうです。すでに誰も知りようのない「真実」は、霧散しましたが、妻と同様、私の脳髄にはその種が芽吹いているのです。

安倍川は、本当は成人女性を狙わなくてはならない役回りだったのに、自らの好みで小学生の妻を拉致してしまった。鉄工所の夫婦も、谷田部も困ったことでしょう。行方不明になっても、何とでも理由を見付けられる外国人成人女性ならともかく、小学生の女の子が監禁されているとなれば、重大凶悪事件です。仕方なしに、彼らは素知らぬ顔をした。彼らに馬鹿にされ、使い走りをやらされている安倍川は、自身の「可愛い小さなもの」を得て、次第に彼らに歯向かうようになっていったのではないでしょうか。おそらく妻を解放したのは、社長夫人ではなく、安倍川です。安倍川が妻の書いた助けを求めるメモを見付け、頃合いを見て社長夫人に発見するように頼んだのではないかという仮説も成り立ちます。

安倍川の手紙にある「私のことはゆるしてくれなくてもいいです。私も先生をゆるさないと思います」というのは、すべての罪を被った安倍川の抗議ではないかと小生は考えます。

なぜ、小生が妻の事件に関して、よく知悉しているのか、矢萩様は疑問に感じられることと思います。お電話でも、小生がいつ妻の事件を知り、どこでどのようにして結婚されたのか、と遠慮がちに尋ねられましたね。あの時は言葉を濁しましたが、実は小生も「残虐記」の中に登場しているのです。

宮坂という片腕の検事が、小生であります。小生があの事件を自身の問題と受け止めざるを得ない事由がよくおわかりかと思います。

小生は子供の頃、交通事故によって片腕をなくしました。「残虐記」の中で「五歳の時、母親に肘から下を切り落とされたのです。僕の左手に悪魔が棲んでいると母親が狂乱して鉈で切ったそうです」と書かれておりますが、残念ながら、そのようなドラマティックなことは小生の実人生では起きませんでした。福島県の平凡な共稼ぎ教師の息子であります。

「残虐記」の中の検事としての小生の様子は、ほぼ正確です。妻は、小生が事件を考えるにあたって、「愉楽」を感じている、と書いていますが、その通りです。小生は妻の事件に異様に興味を抱きました。担当になった当初は、有名な事件ですから、解明して検事として名を挙げたいという幼稚な功名心がありました。が、それだけではありません。被害者である妻（以下、景子と書きます。当時十一歳でした）に面会した時、真実を知りたいと願ったのです。

二十五歳の被疑者である安倍川健治と、十歳の子供は如何にして一年余を暮らしたのか。その経験は景子にどんな変化を与えたのか、と。なぜなら、景子は幾層もの分厚い鎧に覆われ、決して中身を見せることをしない子供だったからであります。何をされたのか、という他人の卑しい妄想をシャワーのように浴びているうちに、景子の表面はもやもやと膜がかかり、外貌は曖昧で、ぼんやりした印象の少女になっていました。可哀相に、という小生の憐憫の情はすぐさま厚い膜に押し戻されました。拒否の意思を感じて、深い怒りを持った子供だと感じたのです。不思議なことに、小生にもその怒りに連動するものが蠢きました。無論、単純な正義感ではありません。大袈裟に言いますと、人間の所為に対する恨みとでも言いましょうか。景子の意識に鮮明に上っていたかどうかはわかりませんが、そういうものを感じたのです。景子は人間の心の中にある暗い情動を動かす子供だったのです。事件のせいなのか、それとも景子の資質が事件を呼び起こしたのか。小生の興味は次第に事件から景子自身に移っていったのでした。

『いや。景子ちゃんの意思を汲むよ。だって、あなたはあなたの意思と関係なく玩具になったんだからさ』

宮坂こと、小生の台詞であります。まだ覚えております。この時、景子は大粒の涙をはらはらとこぼしました。小生は、景子の怒りの芯を捉まえたと内心で小躍りしたのです。玩具になった子供である自分。言葉に出さずとも、皆が心の中で思っている残酷。何と意地の悪い所業でしょうか。小生はたった十一歳の景子が何も言わず、事件を解明させてくれないことに苛立って攻撃したのでした。謎だらけの嫌な事件なのに、被害者である景子が何も喋らなければ解明できないことへの怒りがあったのでした。小生もまだ未熟だったのです。

安倍川健治被告の取り調べの際にも、安倍川に対して、景子に近い反応を感じて驚きました。安倍川も同じく何物かに対する深い怒りと、怒りを隠す固い鎧で自身を覆っていたのです。安倍川は知恵遅れと言われましたが、鑑定では、言語能力が著しく劣る他は、知能指数も普通でした。弁護側から幼児愛好者という精神鑑定結果も提出されて、採用されましたが、小生は疑問を持っています。景子と安倍川との間に、性的な事実はなかったように思えてならないのです。これは、夫である小生の願望ではありません。だとすると、景子の「残虐記」にあるケンジの自慰はどうなのだと思われるでしょうが、景子の捏造である可能性もあります。

安倍川の出身は北海道日高支庁。「残虐記」にありましたように、小学生の時の施設の火事ですべての記録が失われ、正確な年齢も出生地も不明であります。安倍川がその後、どのような人生を送ってきたかは不明です。本人の供述によりますと、飯場から飯場へと渡り歩いて成長してきたようです。K市の鉄工所に居着いたのは十八歳の時。以後、七年間住み込みで働いています。

谷田部こと、谷田部増吉が何者かは不明です。谷田部増吉とは、鉄工所に残っていた履歴書に書いてあった偽名です。谷田部と安倍川は、ほぼ同じ時期に鉄工所に住み込んでいましたので、「残虐記」の最後にある『泥のごとく』の記述は案外、真実かもしれません。谷田部に連れ回された安倍川が、谷田部の子供として生きてきたのではないかということです。谷田部は重要人物でしたが、警察は取り逃がしています。

景子と安倍川。全く違う育ち方をした二人にあった世界とはどんなものか。小生は、その世界が知りたかったのです。「宮坂にはケンジに共通した快楽があり、私に通底した好奇心があった。私とケンジを繋ぐ者が、この宮坂だったのかもしれない」と、景子は書いています。まさしく、当時の小生は事件に取り込まれるほどのめりこんでいたのでした。

小生はその後も検事生活を続け、長く独身でありましたが、七年前、弁護士に転じて横浜に事務所を構えた際、思い切って景子に連絡を取ったのです。景子は意外にも二十一歳年上の小生のプロポーズに応えてくれました。景子は生涯、あの事件を忘れたいのに忘れることはできませんでした。景子の書く原動力は、事件に根ざしていたからです。また、小生も同じでした。互いに事件と結婚したようなものです。

小生は妻を愛しておりました。妻が小生から逃れて行ったことは悲しいです。だが、妻は小説家でありながら、人間の怖ろしい所為に堪えられなかったとも言えましょう。怖ろしい所為とは想像です。子供である妻を取り囲む邪悪な人間たちの存在を想像していた癖に、妻に言わずに愉しんでいた小生が最も怖ろしい存在だと、妻が感じたのだとしたら、妻は脆かったのです。小生も妻に言いたいです。「私のことはゆるしてくれなくてもいいです。でも、私も先生をゆるさないと思います」と。

思わず、最後は私事を書き連ねてしまいました。失礼をお詫びします。しかし、矢萩様がお知りになりたいことがほぼ説明できたかと思います。景子の無事を祈って、筆を擱きます。

不一

生方　淳朗

『残虐記』の二つの謎《なぞ》

斎藤　環

『残虐記』は二〇〇四年に発表され、同年の柴田錬三郎賞を受賞した作品です。前後して発表され、それぞれ話題を呼んだ『グロテスク』や『魂萌え！』といった傑作長編のかたわらに置かれると、本作はいくぶん地味な小品、という印象を与えるかもしれません。しかし私にとっては、この作品は小品どころではない。むしろ作家、桐野夏生の底知れぬ資質を垣間見《かいまみ》せてくれた、記念碑的な作品なのです。

『残虐記』というタイトルは、谷崎潤一郎による同名小説にヒントを得たものだといいます。この未完の小説は、ある三角関係を巡る殺人事件というミステリーの形式をとっています。殺されたらしき男性は自殺未遂の常習者で、遺書によると、出来るだけ苦痛を伴う毒物を飲んで死にたいのだが、その際は妻と二人だけで、妻に見守られながら苦しみながら死んでいくことが、人生の快楽の絶頂であると記していました。この男性はかつて、愛妻と旺盛《おうせい》な性生活を営んでいました。しかし原爆に被爆して以降、性的不能となってしまい、生きる意欲を失っています。妻がいかに努力しても夫の不能は回復せず、夫は無気力な生活を続けます。いっぽう妻は、空襲の焼け野原で生き延びるべくほぼ独力で闇市《やみいち》商売をはじめ、ついには食堂を再興します。そのさい雇い入れた男性の使用人が、どうやら事件の鍵《かぎ》を握るらしいのですが、惜しいかな、物語はここで中断しています。

このあらすじを読めばおわかりの通り、本作と谷崎の同名小説との間には、タイトル以外にはあまり共通点がないようにも見えます。

知られるとおり『残虐記』は、二〇〇〇年に報道された新潟県柏崎市の少女監禁事件に触発された部分を含んでいます。ちなみにこの事件は、私が専門とする「ひきこもり」問題を一挙に全国区にした特筆すべき事件でした。犯人の佐藤宣行は中学以来三七歳で逮捕されるまで、二〇年以上もひきこもり生活を送っていました。佐藤は誘拐してきた九歳の少女を九年もの間、自室に監禁していましたが、たまたま佐藤の家庭内暴力が激しくなって警察沙汰《ざた》となり、これをきっかけに少女は救出されたのです。

もちろん佐藤のようなタイプは、ひきこもり事例の中でも例外的な存在であり、『残虐記』の主題も「ひきこもり」問題とはさしたる関係を持ちません。

他の作品の場合もその傾向がみられますが、桐野さんは現実の事件に示唆《しさ》を受けて物語を着想することはあっても、決して「モデル小説」などは書きません。彼女はまったく正当にも、「事実」そのものに対してはほとんど固執しない。なぜなら、虚構的リアリティは「現実」に拮抗《きっこう》しうる、と確信しているからです。

そう、事件というものは常に何らかの臨界点で起こるものであり、その真相は誰も正確に知ることができません。ことによると当事者すらも「真相」を理解しているとは限らない。ただ事件を巡って喚起される人々の想像力、これこそが恐ろしくも興味深いのです。

小説家にはおおまかにいって二つのタイプがあるといいます。ストーリーラインを設計してから細部を書き込んでいくタイプと、書き始めてからストーリーを構築していくタイプです。桐野さんは基本的に後者らしいのですが、桐野作品に特異なのは、物語を動かす最大の要因が、登場人物どうしの「関係性」であるという点です。ただしそれは、固定的な役割分担としての関係性ではありません。受動性と能動性、優位性と劣位性、サディストとマゾヒスト、そうした複数のエレメントが重層的かつダイナミックに絡《から》み合いながら、物語を動かしていくのです。そのような運動の持続の中で、不意に劇的な変化の瞬間が訪れます。それを彼女は「小説が曲がっていく瞬間」、「作品に棘《とげ》ができる」などと表現しています。

『残虐記』に描かれる関係性は、あたかも有機的なパズルのように、独特のロジカルな構造を持っています。この端正な論理構造ゆえに、桐野作品はあたかも、「謎《なぞ》解きのないミステリー」という印象をもたらします。構造的に配置された謎は、あたかも一つのアポリア（構造的に解きえない謎）として、際限のない問いと答えの循環をもたらすでしょう。

本作には、少なくとも二つの大きな謎があります。

第一の謎。それは物語の冒頭、作家である小海鳴海（生方景子）の夫の手紙にいきなり示されます。

かつて生方景子は一〇歳の時に工員の安倍川健治に誘拐され、一年余りの監禁生活を経験しました。逮捕され刑に服したケンジは、出所して景子に手紙を出します。手紙の文中で、加害者であるケンジは、景子に謝罪するのですが、そのいっぽうで、景子が小説家になったことを「おこりたくなる」「ウソつきのおとなになった」と非難するのです。その手紙の末尾は、こんな謎めいた言葉で終わっています。

「先生、ほんとにすいませんでした。でも、私のことはゆるしてくれなくてもいいです。私も先生をゆるさないと思います（一六頁）」

この小説における「言葉」の持つ意味に注目する松浦理英子氏は、この謎の言葉を次のように解釈します。ケンジは、かつて自分と同じレベルの言葉を話していた少女が、自分よりもはるかに語彙《ごい》を身につけてしまったことを「ゆるさない」のではないか、と。いっぽう桐野さん本人は、松浦氏との対談で「(この言葉は)なぜかわからないけれど思わず書いてしまったもので、自分でも意味がよくわからなかった。わからないから、何回か消しかけたんですが、わからないのに出てきてしまったからこそ、物語のトゲとして」残しておいた、と語っています。

私自身は、ケンジの言葉について、やや異なった解釈を持っています。ケンジは、景子との「関係」をどうあっても維持したかったのではないでしょうか。なぜなら、「ゆるす」ことはしばしば、関係と物語の完結を意味するからです。

しかし「ゆるさない」という態度をとることで、ケンジと景子との関係は維持されることになります。なぜでしょうか。「ゆるさない」と語ることにおいて、ケンジの存在は大きな「謎」をはらむことになるからです。そう、実はケンジは賢い。この「謎」は景子の心に棘のように突き刺さり、景子はケンジの心を繰り返し想像せずにはいられなくなるでしょう。

もしそうだとすれば、失踪《しっそう》した景子は、ひょっとするとケンジに会いに行ったのかもしれません。少なくとも私には、ケンジが「ゆるさない」ことと、景子が失踪してしまうことが、どうしても無関係には思われないのです。

もちろんこれが、唯一の答えなどであろうはずもありません。桐野作品における謎は、錯綜《さくそう》する関係性の結び目に置かれるために、どの関係を重視するかで答えも違ったものになるはずだからです。曖昧《あいまい》さのない謎の位置は、まるで私たち自身が関係の迷宮の中にすっかり入り込んだかのような錯覚を与えてくれるのです。

さて、第二の謎に移りましょう。こちらも物語の中に唐突に出現する言葉、「性的人間」という言葉です。

監禁から帰宅した景子を、母は慰めようとして、その経験を「忘れる」ようにと、しきりに促します。

「私は想像の植物を育てるのをやめにして、無邪気な『子供』に戻ることにした。と同時に、私は自分の複雑な子供時代がこの夜で本当に終わりを告げたことを感じていた。そう、私は老人でもなければ、子供でもない、性的な人間に生まれ変わったのだった（一六六頁）」

そう、三五歳の処女である景子＝小海鳴海は、性行為をいとわしく思う「性的人間」なのです。ならば、「性的人間」とは、いかなる意味なのでしょうか。この説明もまた、謎めいたものです。

「（私＝景子）ケンジの性的妄想とは何か、という問いを生きているからだ（中略）他人の性的妄想を想像すること。それが性的人間であるということだ」

この「性的人間」という謎の言葉こそ、『残虐記』の中心におかれるキーワードなのです。桐野さん自身、この言葉に関連して、次のように語っています。

「主人公の少女は大人の男の欲望にぶち当たり、それがどういうものなのかを想像します。つまり、自分にはない欲望について想像するのです。想像力がなくて欲望だけある人は、ある意味で犯罪者だと思うのですが、想像力を働かせるという方法こそ、想像力を持たず欲望だけがある人物と戦う手段になりえるんじゃないか、と思いました。そして、欲望に取り囲まれ、肉体的にも精神的にも奪われるのは常に弱い者——男性よりも、やはり女性や子どもであると思うのです。その闘争が残虐なのです」

（Yahoo! JAPAN〝ブックス〟、二〇〇四年三月二十五日掲載のインタビュー http://books.yahoo.co.jp/interview/detail/31339866/01.html）

景子の想像力は、「男性の謎」と戦う手段であると同時に、彼女を守る手段でもあった、というわけです。そしてある夜、ついに景子の空想が発芽します。

「その夜はまだほんの小さな芽でしかなかった空想を、私は毎晩育《はぐく》んで大きくした。その作業は不思議なことに、残り一年間の、おそらくは辛いであろうと思われた小学校生活を、何とか堪え凌《しの》げるものにしてくれた。新たな屈辱や傷を得れば、それらは肥料となって夜の夢を太らせる。私は夜の夢を得たことで、外部の世界に対して強靭《きょうじん》になったのだ（一三九頁）」

かくして景子の想像力は、ついに「物語る言葉」を獲得します。これが「泥のごとく」と題された、小説内小説です。物語の中で、「ケンジ」はかつて「ヤタべさん」に凌辱《りょうじょく》された少年であり、彼はヤタべさんに愛されるために、拾ってきたフィリピン人女性と毎夜交わって、壁の孔から覗《のぞ》いているヤタべさんにそのさまを見せようとします。

この物語を書き終えて景子は愕然《がくぜん》とします。

「私の毒の夢が行き着いた先は、男たちの性だということにようやく思い至ったからだった。幾夜も想像に想像を重ね、修正し、緻密《ちみつ》に構築していった私の夢の世界の涯《はて》は、成人の男たちの性的な妄想の沼であることが衝撃だったのだ（一六四頁）」

「泥のごとく」は、『残虐記』の中でも白眉といってよい異様な迫力に満ちています。私もこの展開には、心底驚かされました。ことによったら凡庸な感動に満ちた「トラウマ小説」になっていたかもしれない題材が、桐野さんの手にかかれば、かくも小説的としか言いようのないリアリティに満ちた物語に変換されてしまうということ。いったい桐野さんは、どこからこんな異様な着想を得るのでしょうか。もはや私にとっては、「現実」以上に桐野さんの想像力のほうがはるかに「謎」に満ちています。

同性愛者同士が互いの異性愛的な欲望を想像し、あるいは窃視することによって、関係しあうということ。その物語を、いまだ性行為すら知らない少女にもたらした純粋な想像力の、なんという猥褻《わいせつ》さ、そして残虐さ。あるいは体験に汚されていない想像力は、より純度の高い性関係を求めて、必然的に同性愛に近づいていくのでしょうか。このあたり、「やおい」同人誌やＢＬ小説などに群がる少女たちの想像力にも通ずるものがありそうです。

ここでもう一度、冒頭で紹介した谷崎の同名小説を思い出してみましょう。ふたつの作品は、やはり共通しているのではないでしょうか。いずれも、悲惨な事件を経験した人間が、性的機能は不能のまま、想像力だけが肥大していくという展開に至ります。谷崎の小説については未完のため断言は出来ませんが、冒頭に紹介される男性の遺書には、自分が苦悶の果てに死にゆく姿を愛する妻に見せつけたい、という、まごうことなき性的ファンタジーへの欲望がしるされていました。谷崎もやはり、悲惨な事件が人を「性的人間」に変えてしまうという残虐さを描こうとしていたのではないでしょうか。そうだとすれば、桐野さんは、見事に谷崎の遺志を引き継ぎ、その想像力を開花させたのかもしれません。

しかし私は、本作の構造はむしろ、谷崎晩年の傑作『鍵』に良く似ていると思います。桐野さん自身、「最も好きな小説」として『鍵』を挙げ（「婚姻を描く谷崎」『文豪ナビ　谷崎潤一郎』新潮文庫）、その魅力について、次のように述べています。

「性の享楽《きょうらく》を得るために、互いに日記を盗み読む夫婦。妻の郁子《いくこ》は、『夫のために「心ならず」もそのように「努めて」いるのであると、自らを欺《あざむ》いていた』。郁子は、あたかも夫の言いなりになることが『貞女の亀鑑《きかん》』であるかのように装《よそお》っているが、実際は、夫の欲望からとっくにはみ出すほどの、大きな欲望を密《ひそ》かに育てている。夫の仕掛けた遊びに渋々入ったかに見えて、本当はその遊びを楽しんでいるのだ」

この作品は、四人の登場人物が、相手の日記や写真を介して、それぞれの性的妄想を想像し合うという、まさに性的人間の四つ巴《どもえ》ともいうべき様相を呈しています。

そこに描かれた関係性の迷宮は、人物の少なさや舞台の密室的な狭さにもかかわらず、圧倒的なスケール感を帯びて迫ってきます。この印象もまた、『残虐記』と共通するものです。そこに描かれる入り組んだ関係性が、さらに複数の媒介によって入れ子状となった細部を際限なく生み出し、具象性に欠けるにもかかわらず豊穣《ほうじょう》な細部を持つという印象をもたらすのです。こうした逆説と分裂こそは、まさしく傑作の条件ではないでしょうか。

それにしても、いったい私たちは、この奇妙な小説をどんなふうに読むべきなのでしょうか。この異様な傑作を前にして、「ミステリー」や「モデル小説」、あるいは「純文学」や「大衆文学」といったジャンル分けがどこまで有効なのでしょうか。私はさしあたり、桐野さんの小説について、これを谷崎以降の正統なる「関係文学」の系譜に位置づけていますが、それは暫定的《ざんていてき》なものに過ぎません。ただ、異様で面白い「小説」を読みたい、と尋ねられれば、自信をもって応じられます。

まず『残虐記』をお読みなさい、と。

（二〇〇七年六月、精神科医）

本書は「週刊アスキー」２００２年２月５日号～６月25日号の連載に加筆し、２００４年２月新潮社より刊行された。この作品はフィクションであり、実在する個人、団体等とはいっさい関係ありません。

残《ざん》虐《ぎゃく》記《き》

新潮文庫　き-21-5

平成十九年八月一日発行
平成二十七年十一月三十日九刷

著者　桐《きり》野《の》夏《なつ》生《お》
発行者　佐藤隆信
発行所　株式会社　新潮社

郵便番号　一六二—八七一一
東京都新宿区矢来町七一
電話　編集部（〇三）三二六六—五四四〇
読者係（〇三）三二六六—五一一一
http://www.shinchosha.co.jp

価格はカバーに表示してあります。

乱丁・落丁本は、ご面倒ですが小社読者係宛ご送付ください。送料小社負担にてお取替えいたします。

印刷・二光印刷株式会社　製本・憲専堂製本株式会社

ISBN978-4-10-130635-3 C0193